Pedro Calderón de la Barca

El mágico prodigioso

Barcelona **2024**
Linkgua-ediciones.com

Créditos

Título original: El mágico prodigioso.

© 2024, Red ediciones S.L.

e-mail: info@linkgua.com

Diseño de cubierta: Michel Mallard.

ISBN tapa dura: 978-84-1126-266-8.
ISBN rustica: 978-84-96428-42-3.
ISBN ebook: 978-84-9897-238-2.

Sumario

Brevísima presentación

La vida

Pedro Calderón de la Barca (Madrid, 1600-Madrid, 1681). España.

Su padre era noble y escribano en el consejo de hacienda del rey. Se educó en el colegio imperial de los jesuitas y más tarde entró en las universidades de Alcalá y Salamanca, aunque no se sabe si llegó a graduarse. Tuvo una juventud turbulenta. Incluso se le acusa de la muerte de algunos de sus enemigos. En 1621 se negó a ser sacerdote, y poco después, en 1623, empezó a escribir y estrenar obras de teatro.

Lope de Vega elogió sus obras, pero en 1629 dejaron de ser amigos tras un extraño incidente: un hermano de Calderón fue agredido y, éste al perseguir al atacante, entró en un convento donde vivía como monja la hija de Lope.

Entre 1635 y 1637, Calderón de la Barca fue nombrado caballero de la Orden de Santiago. Por entonces publicó veinticuatro comedias en dos volúmenes y *La vida es sueño* (1636). En la década siguiente vivió en Cataluña y, entre 1640 y 1642, combatió con las tropas castellanas. Sin embargo, su salud se quebrantó y abandonó la vida militar. Entre 1647 y 1649 la muerte de la reina y después la del príncipe heredero provocaron el cierre de los teatros, por lo que Calderón tuvo que limitarse a escribir autos sacramentales.

Calderón murió mientras trabajaba en una comedia dedicada a la reina María Luisa.

La trama

El mágico prodigioso (1637) forma parte de los dramas religiosos (comedias de santos) escritos por Calderón de la Barca según su interpretación de la Biblia. Esta obra es una referencia en el teatro del siglo de oro por el espíritu filosófico y teológico de los temas tratados, la intensidad de la devoción ante lo divino, y su fuerza visual.

El mágico prodigioso relata la leyenda de san Cipriano y santa Justina de Antioquía, mártires cristianos del siglo III, y debería ser representado en la celebración del Corpus Christi. Cipriano lucha contra el Demonio en una epopeya del teatro de la ilusión y del desengaño.

Personajes

Cipriano
Clarín, criado
Demonio
Fabio
Floro
Gobernador de Antioquía
Justina
Lelio
Lisandro, viejo
Livia, criada
Moscón, criado

Jornada primera

(Salen Cipriano, vestido de estudiante, y Clarín y Moscón, de gorrones, con unos libros.)

Cipriano
En la amena soledad
de aquesta apacible estancia,
bellísimo laberinto
de flores, rosas y plantas,
podéis dejarme, dejando
conmigo —que ellos me bastan
por compañía— los libros
que os mandé sacar de casa;
que yo, en tanto que Antioquía
celebra con fiestas tantas
la fábrica de ese templo
que hoy a Júpiter consagra,
y su traslación, llevando
públicamente su estatua
adonde con más decoro
y honor esté colocada,
huyendo del gran bullicio
que hay en sus calles y plazas,
pasar estudiando quiero
la edad que al día le falta.
Idos los dos a Antioquía,
gozad de sus fiestas varias,
y volved por mí a este sitio
cuando el Sol cayendo vaya
a sepultarse en las ondas,
que entre oscuras nubes pardas
al gran cadáver de oro
son monumentos de plata.
Aquí me hallaréis.

Moscón	No, puedo, aunque tengo mucha gana de ver las fiestas, dejar de decir, antes que vaya a verlas, señor, siquiera cuatro o cinco mil palabras. ¿Es posible que en un día de tanto gusto, de tanta festividad y contento, con cuatro libros te salgas al campo solo, volviendo a su aplauso las espaldas?
Clarín	Hace mi señor muy bien; que no hay cosa más cansada que un día de procesión entre cofadres y danzas.
Moscón	En fin, Clarín, y en principio, viviendo con arte y maña, eres un temporalazo lisonjero, pues alabas lo que hace, y nunca dices lo que sientes.
Clarín	Tú te engañas, que es el mentís más cortés que se dice cara a cara; que yo digo lo que siento.
Cipriano	Ya basta, Moscón; ya basta, Clarín. Que siempre los dos habéis con vuestra ignorancia

de estar porfiando, y tomando
uno de otro la contraria.
Idos de aquí, y, como digo,
volved aquí cuando caiga
la noche, envolviendo en sombras
esta fábrica gallarda
del universo.

Moscón   ¿Qué va,
que, aunque defendido hayas
que es bueno no ver las fiestas,
que vas a verlas?

Clarín   Es clara
consecuencia. Nadie hace
lo que aconseja que hagan
los otros.

Moscón (Aparte.)   (Por ver a Livia,
vestirme quisiera de alas.)

(Vase Moscón.)

Clarín (Aparte.)   (Aunque, si digo verdad,
Livia es la que me arrebata
los sentidos. Pues ya tienes
más de la mitad andada
del camino, llega, Livia,
al «na», y sé, Livia, liviana.)

(Vase Clarín.)

Cipriano   Ya estoy solo, ya podré,
si tanto mi ingenio alcanza,

estudiar esta cuestión
que me trae suspensa el alma
desde que en Plinio leí
con misteriosas palabras
la difinición de Dios.
Porque mi ingenio no halla
este Dios en quien convengan
misterios ni señas tantas,
esta verdad escondida
he de apurar.

(Pónese a leer. Sale el Demonio, de galán, y lee Cipriano.)

Demonio (Aparte.)   (Aunque hagas
más discursos, Cipriano,
no has de llegar a alcanzarla,
que yo te la esconderé.)

Cipriano   Ruido siento en estas ramas.
¿Quién va? ¿Quién es?

Demonio   Caballero,
un forastero es, que anda
en este monte perdido
desde toda esta mañana,
tanto que, rendido ya
el caballo, en la esmeralda
que es tapete de estos montes
a un tiempo pace y descansa.
A Antioquía es el camino
a negocios de importancia;
y apartándome de toda
la gente que me acompaña,
divertido en mis cuidados,

12

caudal que a ninguno falta,
perdí el camino y perdí
criados y camaradas.

Cipriano   Mucho me espanto de que
tan a vista de las altas
torres de Antioquía, así
perdido andéis. No hay, de cuantas
veredas a aqueste monte
o le línean o le pautan,
una que a dar en sus muros,
como en su centro, no vaya.
por cualquiera que toméis
vais bien.

Demonio   Ésa es la ignorancia:
a la vista de las ciencias,
no saber aprovecharlas.
Y supuesto que no es bien
que entre yo en ciudad extraña,
donde no soy conocido,
solo y preguntando, hasta
que la noche venza al día,
aquí estaré lo que falta;
que en el traje y en los libros
que os divierten y acompañan
juzgo que debéis de ser
grande estudiante, y el alma
esta inclinación me lleva
de los que en estudios tratan.

(Siéntase.)

Cipriano   ¿Habéis estudiado?

Demonio	No;
	pero sé lo que me basta
	para no ser ignorante.

Cipriano	Pues ¿qué ciencia sabéis?

Demonio	Hartas.

Cipriano	Aun estudiándose una
	mucho tiempo no se alcanza,
	¿y vos —¡grande vanidad!—
	sin estudiar sabéis tantas?

Demonio	Sí, que de una patria
	soy donde las ciencias más altas
	sin estudiarse se saben.

Cipriano	¡Oh, quién fuera de esa patria!
	Que acá mientras más se estudia,
	más se ignora.

Demonio	Verdad tanta
	es ésta que sin estudios
	tuve tan grande arrogancia
	que a la cátedra de prima
	me opuse, y pensé llevarla,
	porque tuve muchos votos;
	y, aunque la perdí, me basta
	haberlo intentado; que hay
	pérdidas con alabanza.
	Si no lo queréis creer,
	decid qué estudiáis, y vaya
	de argumento; que aunque no

sé la opinión que os agrada,
y ella sea la segura,
yo tomaré la contraria.

Cipriano   Mucho me huelgo de que
a eso vuestro ingenio salga.
Un lugar de Plinio es
el que me trae con mil ansias
de entenderle, por saber quién
es el dios de quien habla.

Demonio   Ése es un lugar que dice
—bien me acuerdo— estas palabras:
«Dios es una bondad suma,
una esencia, una sustancia;
todo vista y todo manos.»

Cipriano   Es verdad.

Demonio   ¿Qué repugnancia
halláis en esto?

Cipriano   No hallar
el dios de quien Plinio trata;
que si ha de ser bondad suma,
aun a Júpiter le falta
suma bondad, pues le vemos
que es pecaminoso en tantas
ocasiones: Dánae hable
rendida, Europa robada.
Pues ¿cómo en suma bondad,
cuyas acciones sagradas
habían de ser divinas,
caben pasiones humanas?

Demonio   Ésas son falsas historias
en que las letras profanas
con los nombres de los dioses
entendieron disfrazada
la moral filosofía.

Cipriano   Esa respuesta no basta,
pues el decoro de Dios
debiera ser tal, que osadas
no llegaran a su nombre
las culpas, aun siendo falsas;
y apurando más el caso,
si suma bondad se llaman
los dioses, siempre es forzoso
que a querer lo mejor vayan;
pues ¿cómo unos quieren uno,
y otros otro? Esto se halla
en las dudosas respuestas
que suelen dar sus estatuas.
Porque no digáis después
que alegué letras profanas...
A dos ejércitos, dos
ídolos una batalla
aseguraron, y el uno
la perdió: ¿no es cosa clara
la consecuencia de que
dos voluntades contrarias
no pueden a un mismo fin ir?
Luego, yendo encontradas,
es fuerza, si la una es buena,
que la otra ha de ser mala.
Mala voluntad en Dios
implica el imaginarla;

	luego no hay suma bondad
	en ellos, si unión les falta.
Demonio	Niego la mayor porqué
	aquesas respuestas, dadas
	así, convienen a fines
	que nuestro ingenio no alcanza,
	que es la providencia;
	y más debió importar la batalla
	al que la perdió el perderla,
	que al que la ganó el ganarla.
Cipriano	Concedo; pero debiera
	aquel dios, pues que no engañan
	los dioses, no asegurar
	la victoria; que bastaba
	la pérdida permitirla
	allí, sin asegurarla.
	Luego, si Dios todo es vista,
	cualquiera dios viera clara
	y distintamente el fin;
	y al verle, no asegurara
	el que no había de ser;
	luego, aunque sea deidad tanta,
	distinta en personas, debe
	en la menor circunstancia
	ser una sola en esencia.
Demonio	Importó para esa causa
	mover así los afectos
	con su voz.
Cipriano	Cuando importara
	el moverlos, genios hay,

que buenos y malos llaman
todos los doctos, que son
unos espíritus que andan
entre nosotros, dictando
las obras buenas y malas,
argumento que asegura
la inmortalidad del alma;
y bien pudiera ese dios,
con ellos, sin que llegara
a mostrar que mentir sabe,
mover afectos.

Demonio   Repara
en que esas contrariedades
no implican al ser las sacras
deidades una, supuesto
que en las cosas de importancia
nunca disonaron. Bien
en la fábrica gallarda
del hombre se ve, pues fue
solo un concepto al obrarla.

Cipriano   Luego, si ése fue uno solo,
ése tiene más ventaja
a los otros; y si son
iguales, puesto que hallas
que se pueden oponer
—ésta no puedes negarla—
en algo, al hacer el hombre,
cuando el uno lo intentara,
pudiera decir el otro:
«No quiero yo que se haga.»
Luego, si Dios todo es manos,
cuando el uno le criara,

	el otro le deshiciera,
	pues eran manos entrambas
	iguales en el poder,
	desiguales en la instancia.
	¿Quién venciera de estos dos?

Demonio   Sobre imposibles y falsas
           proposiciones no hay
           argumento. Di, ¿qué sacas
           de eso?

Cipriano   Pensar que hay un Dios,
           suma bondad, suma gracia,
           todo vista, todo manos,
           infalible, que no engaña,
           superior, que no compite,
           Dios a quien ninguno iguala,
           un principio sin principio,
           una esencia, una sustancia,
           un poder y un querer solo;
           y cuando como éste haya
           una, dos o más personas,
           una deidad soberana
           ha de ser sola en esencia,
           causa de todas las causas.

Demonio   ¿Cómo te puedo negar
           una evidencia tan clara?

(Levántase.)

Cipriano   ¿Tanto lo sentís?

Demonio   ¿Quién deja

de sentir que otro le haga
competencia en el ingenio?
Y aunque responder no falta,
dejo de hacerlo, porqué
gente en este monte anda,
y es hora de que prosiga
a la ciudad mi jornada.

Cipriano   Id en paz.

Demonio (Aparte.)   Quedad en paz.
(Pues tanto tu estudio alcanza,
yo haré que el estudio olvides,
suspendido en una rara
beldad. Pues tengo licencia
de perseguir con mi rabia
a Justina, sacaré
de un efeto dos venganzas.)

(Vase el Demonio.)

Cipriano   No vi hombre tan notable.
Mas pues mis criados tardan,
volver a repasar quiero
de tanta duda la causa.

(Salen Lelio y Floro.)

Lelio   No pasemos adelante;
que estas peñas, estas ramas
tan intrincadas que al mismo
Sol le defienden la entrada,
solo pueden ser testigos
de nuestro duelo.

Floro	La espada
	sacad; que aquí son las obras,
	si allá fueron las palabras.
Lelio	Ya sé que en el campo muda
	la lengua de acero habla
	de esta suerte.

(Riñen.)

Cipriano	¿Qué es aquesto?
	Lelio, tente; Floro, aparta;
	que basta que esté yo en medio,
	aunque esté en medio sin armas.
Lelio	¿De dónde, di, Cipriano,
	a embarazar mi venganza
	has salido?
Floro	¿Eres aborto
	de estos troncos y estas ramas?

(Salen Moscón y Clarín.)

Moscón	Corre, que con mi señor
	han sido las cuchilladas.
Clarín	Para acercarme a esas cosas
	no suelo yo correr nada;
	mas para apartarme, sí.
Los dos	Señor...

Cipriano	No habléis más palabra.
	Pues ¿qué es esto? Dos amigos
	que por su sangre y su fama
	hoy son de toda Antioquía
	los ojos y la esperanza,
	uno del gobernador
	hijo, y otro de la clara
	familia de los Colaltos,
	¿así aventuran y arrastran
	dos vidas que pueden ser
	de tanto honor a su patria?
Lelio	Cipriano, aunque el respeto
	que debo por muchas causas
	a tu persona, este instante
	tiene suspensa mi espada,
	no la tienes reducida
	a la quietud de la vaina.
	Tú sabes de ciencias más
	que de duelos, y no alcanzas
	que a dos nobles en el campo
	no hay respeto que les haga
	amigos, pues solo es medio
	morir uno en la demanda.
Floro	Lo mismo te digo, y ruego
	que con tu gente te vayas,
	pues que riñendo nos dejas
	sin traición y sin ventaja.
Cipriano	Aunque os parece que ignoro
	por mi profesión las varias
	leyes del duelo que estudia
	el valor y la arrogancia,

os engañáis; que nací
con obligaciones tantas
como los dos, a saber
qué es honor y qué es infamia;
y no el darme a los estudios
mis alientos acobarda;
que muchas veces se dieron
las manos letras y armas.
Si el haber salido al campo
es del reñir circunstancia,
con haber reñido ya
esa calumnia se salva;
y así, bien podéis decir
de esta pendencia la causa;
que yo, si, habiéndola oído,
reconociere al contarla
que alguno de los dos tiene
algo que se satisfaga,
de dejaros a los dos
solos, os doy la palabra.

Lelio   Pues con esa condición
de que, en sabiendo la causa,
nos has de dejar reñir,
yo me prefiero a contarla.
Yo quiero a una dama bien,
y Floro quiere a esta dama.
¡Mira tú cómo podrás
convenirnos, pues no hay traza
con que dos nobles celosos
den a partido sus ansias!

Floro   Yo quiero a esta dama, y quiero
que no se atreva a mirarla

ni aun el Sol; y pues no hay
medio aquí, y que la palabra
nos has dado de dejarnos
reñir, a un lado te aparta.

Cipriano   Esperad, que hay que saber
más. ¿Es esta dama dama
a la esperanza posible,
o imposible a la esperanza?

Lelio   Tan principal es, tan noble,
que si el Sol celos causara
a Floro, aun de él no podrá
tenerlos con justa causa,
porque presumo que el Sol
aun no se atreve a mirarla.

Cipriano   ¿Casáraste tú con ella?

Floro   Ahí está mi confianza.

Cipriano   ¿Y tú?

Lelio   ¡Plugiera a los cielos
que a tanta dicha llegara!
Que aunque es en extremo pobre,
la virtud por dote basta.

Cipriano   Pues si a casaros con ella
aspiráis los dos, ¿no es vana
acción, culpable y indigna,
querer antes disfamarla?
¿Qué dirá el mundo, si alguno
de los dos con ella casa

después de haber muerto al otro
por ella? Que aunque no haya
ocasión para decirlo,
decirlo sin ella basta.
No digo yo que os sufráis
el servirla y festejarla
a un tiempo, porque no quiero
que de mí partido salga
tan cobarde; que el galán
que de sus celos pasara
primero la contingencia,
pasará después la infamia;
pero digo que sepáis
de cuál de los dos se agrada,
y luego...

Lelio   Detente, espera;
que es acción cobarde y baja
ir a que la dama diga
a quién escoge la dama.
Pues ha de escogerme a mí
o a Floro; si a mí, me agrava
más el empeño en que estoy,
pues es otro empeño que haya
quien quiera a la que me quiere.
Si a Floro escoge, la saña
de que a otro quiera quien quiero
es mayor: luego excusada
acción es que ella lo diga,
pues con cualquier circunstancia
hemos en apelación
de volver a las espadas:
el querido por su honor,
y el otro por su venganza.

Floro	Confieso que esa opinión recibida es y asentada, mas con las damas de amores, que elegir y dejar tratan; y así hoy pedírsela intento a su padre. Y pues me basta, habiendo al campo salido, haber sacado la espada, mayormente cuando hay quien el reñir embaraza, con satisfacción bastante la vuelvo, Lelio, a la vaina.
Lelio	En parte me ha convencido tu razón; y aunque apurarla pudiera, más quiero hacerme de su parte, o cierta o falsa. Hoy la pediré a su padre.
Cipriano	Supuesto que aquesta dama en que los dos la sirváis ella no aventura nada, pues que confesáis los dos su virtud y su constancia, decidme quién es; que yo, pues que tengo mano tanta en la ciudad, por los dos quiero preferirme a hablarla, para que esté prevenida cuando a eso su padre vaya.
Lelio	Dices bien.

Cipriano	¿Quién es?
Floro	Justina, de Lisandro hija.
Cipriano	Al nombrarla he conocido cuán pocas fueron vuestras alabanzas; que es virtuosa y es noble. Luego voy a visitarla.
Floro	El cielo en mi favor mueva su condición siempre ingrata.

(Vase Floro.)

Lelio	Corone amor, al nombrarme, de laurel mis esperanzas.

(Vase Lelio.)

Cipriano	¡Oh, quiera el cielo que estorbe escándalos y desgracias!

(Vase Cipriano.)

Moscón	¿Ha oído vuesa merced que nuestro amo va a la casa de Justina?
Clarín	Sí, señor. ¿Qué hay, que vaya o que no vaya?
Moscón	Hay que no tiene que hacer

allá usarced.

Clarín   ¿Por qué causa?

Moscón   Porque yo por Livia muero,
                    que es de Justina criada,
                    y no quiero que se atreva
                    ni el mismo Sol a mirarla.

Clarín   Basta, que no he de reñir
                    en ningún tiempo por dama
                    que ha de ser esposa mía.

Moscón   Aquesa opinión me agrada,
                    y así es bien que diga ella
                    quién la obliga o quién la cansa.
                    Vámonos allá los dos,
                    y escoja.

Clarín   De buena gana,
                    aunque ha de escogerte temo.

Moscón   ¿Ya tienes de eso confianza?

Clarín   Sí, que escogen lo peor
                    siempre las Livias ingratas.

(Vanse Moscón y Clarín. Salen Justina y Lisandro.)

Justina   No me puedo consolar
                    do haber hoy visto, señor,
                    el torpe, el común error
                    con que todo ese lugar
                    templo consagra y altar

a una imagen que no pudo
ser deidad; pues que no dudo
que al fin, si algún testimonio
da de serlo, es el demonio,
que da aliento a un bronce mudo.

Lisandro   No fueras, bella Justina,
quien eres, si no lloraras,
sintieras y lamentaras
esa tragedia, esa ruina
que la religión divina
de Cristo padece hoy.

Justina   Es cierto, pues al fin soy
hija tuya, y no lo fuera
si llorando no estuviera
ansias que mirando estoy.

Lisandro   ¡Ay, Justina! No ha nacido
de ser tú mi hija, no,
que no soy tan feliz yo.
Mas —¡ay Dios!— ¿cómo he rompido
secreto tan escondido?
Afecto del alma fue.

Justina   ¿Qué dices, señor?

Lisandro   No sé.
Confuso estoy y turbado.

Justina   Muchas veces te he escuchado
lo que ahora te escuché,
y nunca quise, señor,
a costa de un sufrimiento,

apurar tu sentimiento
ni examinar mi dolor;
pero viendo que es error
que de entenderte no acabe,
aunque sea culpa grave,
que partas, señor, te pido
tu secreto con mi oído,
ya que en tu pecho no cabe.

Lisandro   Justina, de un gran secreto
el efeto te callé,
la edad que tienes, porqué
siempre he temido el efeto;
mas viéndote ya sujeto
capaz de ver y advertir,
y viéndome a mí que, al ir
con este báculo dando
en la tierra, voy llamando
a las puertas del morir,
   no te tengo de dejar
con esta ignorancia, no,
porque no cumpliera yo
mi obligación con callar:
y así, atiende a mi pesar
tu placer.

Justina   Conmigo lucha
un temor.

Lisandro   Mi pena es mucha,
pero esto es ley y razón.

Justina   Señor, de esta confusión
me rescata.

Lisandro   Pues escucha.
                         Yo soy, hermosa Justina,
Lisandro... No de que empiece
desde mi nombre te admires;
que aunque ya sabes que es éste,
por lo que se sigue al nombre
es justo que te le acuerde,
pues de mí no sabes más
que mi nombre solamente.
Lisandro soy, natural
de aquella ciudad que en siete
montes es hidra de piedra,
pues siete cabezas tiene; de
aquella que es silla hoy
del romano imperio —ioh, llegue
del cristiano a serlo, pues
Roma solo lo merece!—.
En ella nací de humildes
padres, si es que nombre adquieres
de humildes los que dejaron
tantas virtudes por bienes.
Cristianos nacieron ambos,
venturosos descendientes
de algunos que con su sangre
rubricaron felizmente
las fatigas de la vida
con los triunfos de la muerte.
En la religión cristiana
crecí industriado, de suerte
que en su defensa daré
la vida una y muchas veces.
Joven era, cuando a Roma
llegó encubierto el prudente

31

Alejandro, papa nuestro,
que la apostólica sede
gobernaba, sin tener
donde tenerla pudiese;
que como la tiranía
de los gentiles crueles
su sed apaga con sangre
de la que a mártires vierte,
hoy la primitiva iglesia
ocultos sus hijos tiene;
no porque el morir rehusan,
no porque el martirio temen,
sino porque de una vez
no acabe el rigor rebelde
con todos, y, destruida
la iglesia, en ella no quede
quien catequice al gentil,
quien le predique y le enseñe.
A Roma, pues, Alejandro llegó;
y yendo oculto a verle,
recibí su bendición,
y de su mano clemente
todos los órdenes sacros,
a cuya dignidad tiene
envidia el ángel, pues solo
el hombre serlo merece.
Mandóme Alejandro, pues,
que a Antioquía me partiese
a predicar de secreto
la ley de Cristo. Obediente,
peregrinando a merced
de tantas diversas gentes,
a Antioquía vine; y cuando
desde aquesos eminentes

montes llegué a descubrir
sus dorados chapiteles,
el Sol me faltó, y, llevando
tras sí el día, por hacerme
compañía, me dejó
a que le sostituyesen
las estrellas, como en prendas
de que presto vendría a verme.
Con el Sol perdí el camino,
y, vagando tristemente
en lo intrincado del monte,
me hallé en un oculto albergue,
donde los trémulos rayos
de tanta antorcha viviente,
aun no se dejaban ya
ver, porque confusamente
servían de nubes pardas
las que fueron hojas verdes.
Aquí, dispuesto a esperar
que otra vez el Sol saliese,
dando a la imaginación
la jurisdicción que tiene,
con las soledades hice
mil discursos diferentes.
De esta suerte, pues, estaba,
cuando de un suspiro leve
el eco mal informado
la mitad al dueño vuelve.
Retruje al oído todos
mis sentidos juntamente,
y volví a oir más distinto
aquel aliento y más débil,
mudo idioma de los tristes,
pues con él solo se entienden.

De mujer era el gemido,
a cuyo aliento sucede
la voz de un hombre, que a media
voz decía de esta suerte:
«Primer mancha de la sangre
más noble, a mis manos muere,
antes que a morir a manos
de infames verdugos llegues.»
La infeliz mujer decía
en medias razones breves:
«Duélete tú de tu sangre,
ya que de mí no te dueles.»
Llegar pretendí yo entonces
a estorbar rigor tan fuerte;
mas no pude, porque al punto
las voces se desvanecen,
y vi al hombre en un caballo,
que entre los troncos se pierde.
Imán fue de mi piedad
la voz, que ya balbuciente
y desmayada decía,
gimiendo y llorando a veces:
«Mártir muero, pues que muero
por cristiana e inocente.»
Y siguiendo de la voz
el norte, en espacio breve
llegué donde una mujer,
que apenas dejaba verse,
estaba a brazo partido
luchando ya con la muerte.
Apenas me sintió ouando
dijo, esforzándose: «Vuelve,
sangriento homicida mío,
ni aun este instante me dejes

de vida». «No soy —le dije—,
sino quien acaso viene,
quizá del cielo guiado,
a valeros en tan fuerte
ocasión.» «Ya que imposible
es —dijo—, el favor que ofrece
vuestra piedad a mi vida,
pues que por puntos fallece,
lógrese en ese infelice
en quien hoy el cielo quiere,
naciendo de mi sepulcro,
que mis desdichas herede.»
Y espirando, vi...

(Sale Livia.)

Livia   Señor,
el mercader a quien debes
aquel dinero a buscarte
ahí con la justicia viene.
Que no estás en casa dije.
Por esotra puerta vete.

Justina   ¡Cuánto siento que a estorbarte
en aquesta ocasión llegue,
que estaba a tu relación
vida, alma y razón pendientes!
Mas vete ahora, señor.
la justicia no te encuentre.

Lisandro   ¡Ay de mí! ¡Qué de desaires
la necesidad padece!

(Vase Lisandro.)

Justina	Sin duda entran hasta aquí,
	porque siento ahí fuera gente.
Livia	No son ellos; Cipriano
	es.
Justina	Pues ¿qué es lo que pretende
	Cipriano aquí?

(Salen Cipriano, Clarín y Moscón.)

Cipriano	Serviros,
	oh señora, solamente.
	Viendo salir la justicia
	de vuestra casa, se atreve
	a entrar aquí mi amistad,
	por la que a Lisandro debe,
(Aparte.)	a solo saber... (¡Turbado
	estoy!)... si acaso... (Qué fuerte
	hielo discurre mis venas!)
	en algo serviros puede
(Aparte.)	mi deseo. (¡Qué mal dije!
	Que no es hielo, fuego es éste.)
Justina	Guárdeos el cielo mil años;
	que en mayores intereses
	habéis de honrar a mi padre
	con vuestros favores.
Cipriano	Siempre
	estaré para serviros.
(Aparte.)	(¿Qué me turba y enmudece?)

Justina	Él ahora no está en casa.
Cipriano	Luego bien, señora, puede mi voz decir la ocasión que aquí me trae claramente; que no es la que habéis oído sola la que a entrar me mueve a veros.
Justina	Pues ¿qué mandáis?

Cipriano	Que me oigáis. Yo seré breve.
	  Hermosísima Justina,
	en quien hoy ostenta ufana
	la naturaleza humana
	tantas señas de divina:
	vuestra quietud determina
	hallar mi deseo este día;
	pero ved que es tiranía,
	como el efeto lo muestra,
	que os dé yo la quietud vuestra,
	y vos me quitéis la mía.
	  Lelio, de su amor movido...

(Aparte.)	(¡No vi amor más disculpado!) ...Floro, de su amor llevado...
(Aparte.)	(¡No vi error más permitido!) ...el uno y otro han querido por vos matarse los dos; por vos lo he estorbado —¡ay Dios!— pero ved que es error fuerte que yo quite a otros la muerte para que me la deis vos. Por excusar el que hubiera escándalo en el lugar,

	de su parte os vengo a hablar,
(Aparte.)	(¡oh nunca a hablaros viniera!)
	porque vuestra elección fuera
	árbitro de sus recelos
	y juez de sus desvelos;
	pero ved que es gran rigor
	que yo componga su amor
	y vos dispongáis mis celos.
	Hablaros, pues, ofrecí,
	señora, para que vos
	escogierais de los dos
(Aparte.)	cuál queréis... (¡infeliz fui!)
(Aparte.)	que a vuestro padre... (¡ay de mí!)
	os pida. Aquesto pretendo;
(Aparte.)	pero ved... (¡yo estoy muriendo!)
(Aparte.)	que es injusto... (¡estoy temblando!)
	...que esté por ellos hablando
	y que esté por mí sintiendo.

Justina

De tal manera he extrañado
vuestra vil proposición
que el discurso y la razón
en un punto me han faltado.
Ni a Floro ocasión he dado,
ni a Lelio, para que así
vos os atreváis aquí:
y bien pudiérades vos
escarmentar en los dos
del rigor que vive en mí.

Cipriano

Si yo, por haber querido
vos a alguno, pretendiera
vuestro favor, mi amor fuera
necio, infame y mal nacido.

                      Antes por haber vos sido
                      firme roca a tantos mares,
                      os quiero, y en los pesares
                      no escarmiento de los dos;
                      que yo no quiero que vos
                      me queráis por ejemplares.
                           ¿Qué diré a Lelio?

Justina   Que crea
                      los costosos desengaños
                      de un amor de tantos años.

Cipriano   ¿Y a Floro?

Justina   Que no me vea.

Cipriano   ¿Y a mí?

Justina   Que osado no sea
                      vuestro amor.

Cipriano   ¿Cómo, si es dios?

Justina   ¿Será más dios para vos
                      que para los dos lo ha sido?

Cipriano   Sí.

Justina   Pues ya yo he respondido
                      a Lelio, a Floro y a vos.

(Vanse Cipriano y Justina, cada uno por su puerta.)

Clarín   Señora Livia.

Moscón	Señora
	Livia.

Clarín	Aquí estamos los dos.

Livia	Pues ¿qué queréis vos? Y vos ¿qué queréis?

Clarín	Que usted ahora, por si por dicha lo ignora, sepa que bien la queremos. Para matarnos nos vemos; pero atentos a no dar escándalo en el lugar, que uno escoja pretendemos.

Livia	Es tan grande el sentimiento de que así me hayáis hablado que mi dolor me ha dejado sin razón ni entendimiento. ¡Qué uno escoja! ¿Hay sufrimiento en lance tan importuno? ¡Uno yo! ¿Pues oportuno no es para tener —¡ay Dios!— este ingenio a un tiempo dos? ¿Qué queréis que escoja uno?

Clarín	¿Dos a un tiempo, cómo quieres? ¿No te embarazarán dos?

Livia	No, que de dos en dos los digerimos las mujeres.

Moscón	¿De qué suerte te prefieres a eso?
Livia	¡Qué necia porfía! Queriéndós la lealtad mía
Moscón	¿Cómo?
Livia	Alternative.
Clarín	Pues ¿qué es alternative?
Livia	Es querer a cada uno un día.

(Vase Livia.)

Moscón	Pues yo escojo este primero.
Clarín	Mayor será el de mañana; yo le doy de buena gana
Moscón	Livia, en fin, por quien yo muero, hoy me quiere y hoy la quiero. Bien es que tal dicha goce.
Clarín	Oye usted, ya me conoce.
Moscón	¿Por qué lo dice? Concluya.
Clarín	Porque sepa que no es suya, en dando que den las doce.

(Vanse Moscón y Clarín. Salen Floro. y Lelio, de noche, cada uno por su puerta.)

Lelio (Aparte.)   (Apenas la oscura noche
                                   extendió su manto negro
                                   cuando yo a adorar la esfera
                                   de aquestos umbrales vengo;
                                   que aunque hoy por Cipriano
                                   tengo suspenso el acero,
                                   no el afecto; que no pueden
                                   suspenderse los afectos.)

Floro (Aparte.)   (Aquí me ha de hallar el alba;
                                   que en otra parte violento
                                   estoy, porque, en fin, en otra
                                   estoy fuera de mi centro.
                                   ¡Quiera Amor que llegue el día
                                   y la respuesta que espero
                                   con Cipriano, tocando
                                   o la ventura o el riesgo!)

Lelio (Aparte.)   (Ruido en aquella ventana
                                   he sentido.)

Floro (Aparte.)   (Ruido han hecho
                                   en aquel balcón.)

(Sale el Demonio al balcón.)

Lelio (Aparte.)   (Un bulto
                                   sale de ella, a lo quo puedo
                                   distinguir.)

Floro (Aparte.)   (Gente se asoma

a él, que entre sombras veo.)

Demonio (Aparte.)   (Para las persecuciones
que hacer en Justina intento
a disfamar su virtud
de esta manera me atrevo.)

(Baja el Demonio por una escala.)

Lelio (Aparte.)   (Mas ¡ay infeliz! ¡Qué miro!)

Floro (Aparte.)   (Pero ¡ay infeliz! ¡Qué veo!)

Lelio (Aparte.)   (El negro bulto se arroja
ya desde el balcón al suelo.)

Floro (Aparte.)   (Un hombre es, que de su casa
sale. No me matéis, celos,
hasta que sepa quién es.)

Lelio (Aparte.)   (Reconocerle pretendo,
y averiguar de una vez
quién logra el bien que yo pierdo.)

(Llegan el uno al otro con las espadas desnudas, y al llegar se hunde el Demonio, y quedan los dos afirmados.)

Demonio (Aparte.)   (No solo he de conseguir
hoy de Justina el desprecio,
sino rencores y muertes.
Ya llegan: ábrase el centro,
dejando esta confusión
a sus ojos.)

(Húndese ahora.)

Lelio
                              Caballero,
quienquiera que seáis, a mí
me ha importado conoceros;
y a todo trance restado
con esta demanda vengo.
Decid quién sois.

Floro
                              Si os obliga
a tan valiente despecho
saber en quién ha caido
vuestro amoroso secreto,
más que el conocerme a vos
me importa a mí el conoceros;
que en vos es curiosidad,
y en mí es más, porque son celos.
¡Vive Dios, que he de saber
quién es de la casa dueño,
y quién a estas horas gana,
por ese balcón saliendo,
lo que yo pierdo llorando
a estas rejas!

Lelio
                              ¡Bueno es eso,
querer deslumbrar ahora
la luz de mis sentimientos,
atribuyéndome a mí
delito que solo es vuestro!
Quién sois tengo de saber,
y dar muerte a quien me ha muerto
de celos, saliendo ahora
por ese balcón.

Floro	¡Qué necio recato, encubrirse cuando está el amor descubierto!
Lelio	En vano la lengua apura lo que mejor el acero hará.
Floro	Con él os respondo.
Lelio	Quién ha sido, saber tengo, hoy el admitido amante de Justina.
Floro	Ése es mi intento. Moriré, o sabré quién sois.

(Salen Cipriano, Moscón y Clarín.)

Cipriano	Caballeros, deteneos, si a aquesto puede obligaros haber llegado a este tiempo.
Floro	Nada me puede obligar a que deje el fin que intento.
Cipriano	¿Floro?
Floro	Sí, que con la espada en la mano, nunca niego mi nombre.
Cipriano	A tu lado estoy; muera quien te ofende.

Lelio	Menos
	que temer me daréis todos
	que él me daba solo.
Cipriano	¿Lelio?
Lelio	Sí.

(A Floro.)

Cipriano

Ya no estoy a tu lado,
porque es fuerza estar en medio.
¿Qué es esto? ¡En un día dos veces
he de hallarme a componeros!

Lelio

Ésta la última será,
porque ya estamos compuestos;
que con haber conocido
quién es de Justina dueño,
no le queda a mi esperanza
ni aun el menor pensamiento.
Si no has hablado a Justina,
que no la hables te ruego
de parte de mis agravios
y mis desdichas, habiendo
visto que Floro merece
sus favores en secreto.
De ese balcón ha bajado
de gozar el bien que pierdo;
y no es mi amor tan infame
que haya de querer, atento
a celos averiguados,
con desengaños tan ciertos.

(Vase Lelio.)

Floro   Espera.

Cipriano   No has de seguirle...
(Aparte.)   (De haberle oído estoy muerto)
                 que si es él el que ha perdido
                 ...lo que has ganado, y dispuesto
                 a olvidar está, no es bien
                 apurar su sufrimiento.

Floro   Tú y él apuráis el mío
                 con estas cosas a un tiempo;
                 y así a Justina no hables
                 por mí; que aunque yo pretendo
                 a costa de mis agravios
                 vengarme de sus desprecios,
                 ya la esperanza de ser
                 suyo cesó, porque creo
                 que no es noble el que porfía
                 sobre averiguados celos.

(Vase Floro.)

Cipriano   (¿Qué es esto, cielos? ¿Qué escucho?
                 ¿El uno del otro a un tiempo
                 unos mismos celos tienen,
                 y yo de uno y otro los tengo?
                 Los dos sin duda padecen
                 algún engaño, y yo tengo
                 que agradecerle, pues ya
                 los dos desisten en esto
                 de su pretensión. Desdichas,

aunque haya sido consuelo
este discurso, buscado
de mis ansias, le agradezco.)
Moscón, prevenme mañana
galas; Clarín, tráeme luego
espada y plumas; que amor
se regala en el objeto
airoso y lucido; y ya
ni libros ni estudios quiero,
porque digan que es amor
homicida del ingenio.

(Vanse todos.)

Fin de la primera jornada

Jornada segunda

(Salen Cipriano, Moscón y Clarín, vestidos de galanes.)

Cipriano (Aparte.)   (Altos pensamientos míos,
¿dónde, dónde me traéis,
si ya por cierto tenéis
que son locos desvaríos
   los que intentáis,
pues, atreviéndoos al cielo,
precipitados de un vuelo
hasta el abismo bajáis?
   Vi a Justina... ¡A Dios pluguiera
que nunca viera a Justina,
ni en su perfección divina
la luz de la cuarta esfera!
   Dos amantes la pretenden,
uno del otro ofendido;
y yo, a dos celos rendido,
aun no sé los que me ofenden:
   solo sé que mis recelos
me despeñan con sus furias
de un desdén a las injurias,
de un agravio a los desvelos.
   Todo lo demás ignoro,
y en tan abrasado empeño,
cielos, Justina es mi dueño,
cielos, a Justina adoro.)
   Moscón.

Moscón   Señor.

Cipriano   Ve si está
Lisandro en casa.

Moscón	Es razón.

Clarín	No es; yo iré, porque Moscón hoy no puede entrar allá.

Cipriano	¡Oh qué cansada porfía siempre la de los dos fue! ¿Por qué no puede? ¿Por qué?

Clarín	Porque hoy, señor, no es su día mío sí, y de buena gana a dar el recado voy; que yo allá puedo entrar hoy, y Moscón no, hasta mañana.

Cipriano	¿Qué nueva locura es ésta, añadida al porfiar? Ni tú ni él habéis de entrar ya, pues su luz manifiesta Justina.

Clarín	De fuera viene. hacia su casa.

(Salen Livia y Justina, con mantos, por una puerta.)

Justina	¡Ay de mí! Livia, Cipriano está aquí.

Cipriano (Aparte)	(Disimular me conviene de mis celos los desvelos, hasta apurarlos mejor. Solo la hablaré en mi amor,

si lo permiten mis celos.)
   No en vano, señora, ha sido
haber el traje mudado,
para que, como criado,
pueda, a vuestros pies rendido,
   serviros. A mereceros
esto lleguen mis suspiros.
dad licencia de serviros,
pues no la dais de quereros.

Justina   Poco, señor, han podido
mis desengaños con vos,
pues no han podido...

Cipriano   ¡Ay Dios!

Justina   ...mereceros un olvido.
   ¿De qué manera queréis
que os diga cuánto es en vano
la asistencia, Cipriano,
que a mis umbrales tenéis?
   Si días, si meses, si años,
si siglos a ellos estáis,
no esperéis que a ellos oigáis
sino solo desengaños,
   porque es mi rigor de suerte,
de suerte mis males fieros,
que es imposible quereros,
Cipriano, hasta la muerte.

(Vase Justina.)

Cipriano   La esperanza que me dais
ya dichoso puede hacerme.

51

si en muerte habéis de quererme,
muy corto plazo tomáis.
    Yo le acepto, y si a advertir
llegáis cuán presto ha de ser,
empezad vos a querer,
que yo ya empiezo a morir.

Clarín   En tanto que mi señor,
Livia, triste y discursivo,
está de esqueleto vivo
desengañando a su amor,
    dame los brazos.

Livia   Paciencia
ten, mientras que considero
si es tu día; que no quiero
encargar yo mi conciencia.
    Martes sí, miércoles no

Clarín   ¿Qué cuentas, pues ha callado
Moscón?

Livia   Puede haberse errado,
y no quiero errarme yo;
    porque no quiero, si arguyo
que justicia he de guardar,
condenarme por no dar
a cada uno lo que es suyo.
    Pero bien dices, tu día
es hoy.

Clarín   Pues dame los brazos.

Livia   Con mil amorosos lazos.

Moscón	¿Oye usarcé, reina mía?
	Bien ve usarcé, con la gana
	que hoy aquesos lazos hace.
	Dígolo porque me abrace
	con la misma a mí mañana.
Livia	Excusada es la sospecha
	de que a usted no satisfaga,
	ni quiera Júpiter que haga
	yo una cosa tan mal hecha
	como usar de demasía
	con nadie. Yo abrazaré
	con mucha equidad a usté
	cuando le toque su día.

(Vase Livia.)

Clarín	Por lo menos, no he de vello
	yo.
Moscón	Pues eso ¿qué ha importado?
	¿Puede a mí haberme agraviado
	jamás, si reparo en ello,
	una moza que no es mía?
Clarín	No.
Moscón	Luego yo bien porfío
	que no ha sido en daño mío
	lo que no ha sido en mi día.
	Mas ¿qué hace nuestro amo allí
	tan suspenso?

Clarín	Por si a hablar llega algo, quiero escuchar.
Moscón	Y yo también.
Cipriano	¡Ay de mí!

(Al irse acercando cada uno por su lado, Cipriano con la acción da a entrambos.)

                    ¡Que tanto, Amor, desconfíes!

Clarín	¡Ay de mí!
Moscón	¡Ay de mí! también.
Clarín	Llamar a este sitio es bien la Isla de los Ay-de-míes.
Cipriano	¿Aquí estábades los dos?
Clarín	Yo bien juraré que estaba.
Moscón	Yo y todo.
Cipriano	Desdicha, acaba de una vez conmigo. ¡Ay Dios! ¿Viose en tan nuevos extremos el humano corazón?
Clarín	¿Adónde vamos, Moscón?
Moscón	En llegando lo sabremos. Pero fuera del lugar

camina.

Clarín   Excusado es
                   salir al campo, pues
                   no tenemos que estudiar.

Cipriano   Clarín, vete a casa.

Moscón   ¿Y yo?

Clarín   ¿Tú te habías de quedar?

Cipriano   Los dos me habéis de dejar.

Clarín   A entrambos nos lo mandó.

(Vanse Clarín y Moscón.)

Cipriano   Confusa memoria mía,
                   no tan poderosa estés
                   que me persuadas que es
                   otra alma la que me guía.
                        Idólatra me cegué,
                   ambicioso me perdí,
                   porque una hermosura vi,
                   porque una deidad miré;
                        y entre confusos desvelos
                   de un equívoco rigor
                   conozco a quien tengo amor,
                   y no de quien tengo celos.
                        Ya tanto aquesta pasión
                   arrastra mi pensamiento,
                   tanto —iay de mí!— este tormento
                   lleva mi imaginación

que diera —despecho es loco,
indigno de un noble ingenio—
al más diabólico genio
—harto al infierno provoco—
ya rendido, y ya sujeto
a penar y padecer,
por gozar a esta mujer
diera el alma.

Demonio (Dentro.)   Yo la aceto.

(Suena ruido de truenos como tempestad y rayos.)

Cipriano   ¿Qué es ésto, cielos puros?
¡Claros a un tiempo, y en el mismo oscuros!
Dando al día desmayos,
los truenos, los relámpagos y rayos
abortan de su centro
los asombros que ya no caben dentro.
De nubes todo el cielo se corona,
y, preñado de horrores, no perdona
el rizado copete de este monte.
Todo nuestro horizonte
es ardiente pincel del Mongibelo,
niebla el Sol, humo el aire, fuego el cielo.
¡Tanto ha que te dejé, filosofía,
que ignoro los efectos de este día!
Hasta el mar sobre nubes se imagina
desesperada ruina,
pues, crespo sobre el viento en leves plumas,
le pasa por pavesas las espumas.
Naufragando, una nave
en todo el mar parece que no cabe;
pues el amparo más seguro y cierto

es cuando huye la piedad del puerto.
El clamor, el asombro y el gemido
fatal presagio han sido
de la muerte que espera; y lo que tarda
es porque esté muriendo lo que aguarda.
Y aun en ella también vienen portentos;
no son todos de cielos y elementos.
El bajel, prodigiosa maravilla,
desde el tope a la quilla
todo negro, su máquina sustenta,
si no es que se vistió de su tormenta.
A chocar en la tierra
viene. Ya no es del mar solo la guerra,
pues la que se le ofrece,
un peñasco le arrima en que tropiece,
porque la espuma en sangre se salpique.

(Dentro todos.)

Todos   Que nos vamos a pique.

Demonio   En una tabla quiero
salir a tierra, para el fin que espero.

Cipriano   Porque su horror se asombre,
burlando su poder, escapa un hombre,
y el bajel, que en las ondas ya se ofusca,
el camarín de los tritones busca,
y en crespo remolino,
es cadáver del mar, cascado el pino.

(Sale el Demonio, mojado, como que sale del mar.)

Demonio (Aparte.)   (Para el prodigio que intento,

hoy me ha importado fingir
sobre campos de zafir
este espantoso portento;
   y en forma desconocida
de la que otra vez me vio,
cuando en este monte yo
miré mi ciencia excedida,
   vengo a hacerle nueva guerra,
valiéndome así mejor
de su ingenio y de su amor.)
Dulce madre, amada tierra,
   dame amparo contra aquel
monstruo que de sí me arroja.

Cipriano   Pierde, amigo, la congoja
y la memoria cruel
   de tu reciente fortuna,
viendo en tu mayor trabajo
que no hay firme bien debajo
de los cercos de la Luna.

Demonio   ¿Quién eres tú, a cuyas plantas
mí fortuna me ha traído?

Cipriano   Quien, de la piedad movido
de ruinas y penas tantas,
   serte de alivio quisiera.

Demonio   Imposible vendrá a ser;
que no le puedo tener
yo jamás.

Cipriano   ¿De qué manera?

Demonio	Todo mi bien he perdido, pero sin razón me quejo, pues ya con la vida dejo mis memorias al olvido.
Cipriano	Ya que de aquel torbellino el terremoto cesó, y el cielo a su paz volvió, manso, quieto y cristalino, con tal priesa que su grave enojo nos da a entender que solo debió de ser hasta consumir tu nave, dime quién eres, siquiera por la piedad que me das.
Demonio	Más de lo que has visto y más de lo que decir pudiera me cuesta el llegar aquí; que es mi fortuna cruel. La menor es del bajel. ¿Quieres ver si es cierto?
Cipriano	Sí.
Demonio	Yo soy, pues saberlo quieres, un epílogo, un asombro de venturas y desdichas, que unas pierdo y otras lloro. Tan galán fui por mis partes, por mi lustre tan heroico, tan noble por mi linaje y por mi ingenio tan docto, que, aficionado a mis prendas

un rey, el mayor de todos
—puesto que todos le temen,
si le ven airado el rostro—
en su palacio cubierto
de diamantes y piropos
—y aun si los llamase estrellas
fuera el hipérbole corto—
me llamó valido suyo,
cuyo aplauso generoso
me dio tan grande soberbia
que competí al regio solio,
quiriendo poner las plantas
sobre sus dorados tronos.
Fue bárbaro atrevimiento:
castigado lo conozco.
Loco anduve; pero fuera,
arrepentido, más loco.
Más quiero en mi obstinación
con mis alientos briosos
despeñarme de bizarro
que rendirme de medroso.
Si fueron temeridades,
no me vi en ellas tan solo
que de sus mismos vasallos
no tuviese muchos votos.
De su corte, en fin, vencido,
aunque en parte vitorioso,
salí arrojando venenos
por la boca y por los ojos,
y pregonando venganzas,
por ser mi agravio notorio,
logrando en las gentes suyas
insultos, muertes y robos.
Los anchos campos del mar

sangriento pirata corro,
Argos ya de sus bajíos,
y lince de sus escollos.
En aquel bajel que el viento
desvaneció en leves soplos,
en aquel bajel que el mar
convirtió en ruina sin polvo,
esas campañas de vidro
hoy corría codicioso,
hasta examinar un monte
piedra a piedra y tronco a tronco;
porque en él un hombre vive,
y a buscarle me dispongo,
a que cumpla una palabra
que él me ha dado y yo le otorgo.
Embistióme esta tormenta;
y aunque pudo prodigioso
mi ingenio enfrenar a un tiempo
al euro, al cierzo y al noto,
no quise desesperado,
por otras causas, por otros
fines, convertirlos hoy
en regalados favonios.
Que pude, dije, y no quise.

(Aparte.)   (Aquí de su ingenio noto
los riesgos, puesto que así
de mágicas le aficiono.)
No te espantes del despecho,
ni del prodigio tampoco,
de aquél, porque yo con iras
me diera muerte a mí propio;
ni de éste, porque con ciencias
daré al Sol pálido asombro.
Soy, en la magia que alcanzo,

el registro poderoso
de esos orbes. Línea a línea
los he discurrido todos.
Y porque no te parezca
que sin ocasión blasono,
mira si a este mismo instante
quieres que lo inculto y tosco
de este Nembrot de peñascos,
más bruto que el babilonio,
te facilite lo horrible,
sin que pierda lo frondoso.
Éste soy, huérfano huésped
de estos fresnos, de estos chopos;
y aunque éste soy, a tus plantas
quiero pedirte socorro;
y quiero, en el que me dieres,
librarte el bien que te compro
con el afán de mi estudio,
que en experiencias abono,
trayéndote a tu albedrío...

(Aparte.)   (Aquí en el amor le toco)
...cuanto te pida el deseo
más avaro y codicioso.
Y en tanto que no le aceptes,
ya de cortés, ya de corto,
págate de los deseos,
sí es que en ti no los malogro;
que por la piedad que muestras,
que agradezco y que conozco,
seré tu amigo tan firme
que ni el repetido monstruo
de sucesos, la Fortuna,
que entre baldones y elogios,
próspera y adversa, muestra

lo avaro y lo generoso,
ni en su continua tarea,
corriendo y volando a tornos,
el tiempo, imán de los siglos,
ni el cielo, ni el cielo proprio,
a cuyos astros el mundo
debe el bellísimo adorno,
tendrán poder de apartarme
de tu lado un punto solo,
como aquí me des amparo;
y aun todo aquesto es muy poco
para lo que yo intereso,
si mis pensamientos logro.

Cipriano   Puedo decir que al mar albricias pido
de que te hayas perdido,
y a este monte llegaras,
donde verás bien claras
muestras de la amistad que ya te ofrezco
si feliz por mi huésped te merezco.
Y así vente conmigo;
que he de estimarte por seguro amigo.
Mi huésped has de ser mientras quisieres
servirte de mi casa.

Demonio   ¿Ya me adquieres
por tuyo?

Cipriano   Con los brazos
firme nuestra amistad eternos lazos.
(Aparte.)   (¡Oh si a alcanzar llegase
que aqueste hombre la magia me enseñase!
Pues con ella quizá mi amor podría
en parte divertir la pena mía;

o podría mí amor quizá con ella
en todo conseguir la causa bella
de mi rabia, mi furia y mi tormento.)

Demonio (Aparte.)   (Ya al ingenio y amor le miro atento.)

(Salen Clarín y Moscón, cada uno por su puerta, corriendo.)

Clarín   ¿Estás vivo, señor?

Moscón   ¿Civilidades
gastas por novedades
Claro está, pues le miras, que está vivo.

Clarín   He usado de este modo admirativo
para ponderación, noble lacayo,
del milagro que fue no darle un rayo
de tantos como vio aquesta montaña.

Moscón   Pues el mirarle ¿no te desengaña?

Cipriano   Éstos son mis criados.
¿A qué volvéis?

Moscón   A darte más enfados.

Demonio   Tienen alegre humor.

Cipriano   A mí me tienen
cansado, porque siempre necios vienen.

Moscón   ¿Quién es aqueste hombre,
señor?

Cipriano	Un huésped mío, no os asombre.
Clarín	¿Para qué quieres huéspedes ahora?
Cipriano	Lo que merece tu valor ignora.

(Aparte Moscón y Clarín.)

Moscón	Mi señor hace bien. ¿Has de heredalle?
Clarín	No; pero tiene talle el tal huésped, si acaso no me engaño, de estarse en casa un año y otro año.
Moscón	¿De qué lo infieres?
Clarín	Cuando apriesa pasa un huésped, decir suelen: «No hará en casa mucho humo». Y de aquéste...
Moscón	Di.
Clarín	...presumo...
Moscón	¿Qué?
Clarín	...que ha de hacer en casa mucho humo.
Cipriano	¿Para qué te repares? Vente conmigo.
Demonio	Voy a obedecerte.
Cipriano	Tu descanso procuro.

(Vase Cipriano.)

Demonio (Aparte.)   (Yo tu muerte.
Y pues ya he conseguido
el mirarme en tu casa introducido,
ir a alterar mi saña determina
de otra suerte también la de Justina.)

(Vase el Demonio.)

Clarín   ¿No sabes qué he pensado?

Moscón   ¿Qué?

Clarín   Que aquel terremoto ha reventado
algún volcán, que mucho azufre he olido.

Moscón   Que es el huésped a mí me ha parecido.

Clarín   Malas pastillas gasta. Mas ya infiero
la causa.

Moscón   ¿Qué es?

Clarín   El pobre caballero
debe de tener sarna, y hase untado
con ungüente de azufre.

Moscón   En ello has dado.

(Vanse Clarín y Moscón. Salen Lelio y Fabio, criado.)

Fabio   En fin, ¿vuelves a esta calle?

| Lelio | La vida en ella perdí,
y vuelvo a buscarla aquí:
quiera Amor que yo la halle. |
|---|---|

| Fabio | ¡Ay de mí!
          A las puertas estás
de la casa de Justina. |
|---|---|

| Lelio | ¿Qué importa, si hoy determina
mi amor declararse más?
  Que pues a ver he llegado
que a otro de noche se fía,
no es mucho que yo de día
desahogue mi cuidado.
  Retírate tú, porque
el entrar solo es mejor.
Mi padre es gobernador
de Antioquía. Bien podré,
  con este aliento y la furia
que a despeñarme camina,
en casa entrar de Justina,
y quejarme de su injuria. |
|---|---|

(Vase Fabio, y sale Justina.)

Justina	Livia... Mas ¿quién está al paso?

Lelio	Yo soy.

| Justina | Pues ¿qué novedad,
señor, qué temeridad
obliga...? |
|---|---|

Lelio   Cuando me abraso
              tanto, a mis celos sujeto,
              no lo he de estar a tu honor.
              Perdona, que con mi amor
              ha espirado tu respeto.

Justina   ¿Pues cómo tan atrevido
              osas...

Lelio   Como estoy furioso.

Justina   ...entrar...

Lelio   Como estoy celoso.

Justina   ...aquí...

Lelio   Como estoy perdido.

Justina   ...sin advertir y sin ver
              el escándalo que da;
              que...?

Lelio   No te aflijas, pues ya
              tienes poco que perder.

Justina   Mira, Lelio, mi opinión.

Lelio   Justina, eso mejor fuera
              que tu voz se lo dijera
              a quien por ese balcón
                 sale de noche. No quiero
              más de que sepas que sé
              tus liviandades, porque

menos ingrato y severo
  tu honor esté con mi amor;
aunque es desdén más injusto
porque tienes otro gusto,
que porque tienes honor.

Justina
  Calla, calla, no hables más.
¿Quién a mi casa se atreve,
ni quién en mi ofensa mueve
paso y voz? ¿Tan ciego estás,
  tan atrevido y tan loco,
que con fingidas quimeras
eclipsar las luces quieras
que aun al Sol tienen en poco?
  ¿Hombre de mi casa?

Lelio
                    Sí.

Justina   ¿Por mi balcón?

Lelio
                Mi dolor
lo diga, ingrata.

Justina
                  ¡Ay honor!
Volved por vos y por mí.

(Sale el Demonio por la puerta que está a las espaldas de Justina.)

Demonio (Aparte.)   (Acudiendo mi furor
a los dos cargos que tengo,
a esta casa a entablar vengo
el escándalo mayor
  del mundo; y pues ya este amante
tan despechado y tan ciego

está, avívese su fuego.
Ponerme quiero delante
y, como huyendo, después
de ser visto, retirarme.)

(Hace como que va a salir, y en viéndole Lelio, se reboce; y vuelve a entrarse por donde salió.)

Justina   Hombre, ¿vienes a matarme?

Lelio   No, sino a morir.

Justina   ¿Qué ves,
                           que de nuevo te has mudado?

Lelio   Los engaños tuyos veo.
                           Di ahora que mi deseo
                           mis ofensas ha inventado.
                              Un hombre de este aposento
                           iba a salir: como vio
                           gente, embozado volvió
                           a retirarse.

Justina   En el viento
                           te finge tu fantasía
                           ilusiones.

(Quiere entrar, y detiénele.)

Lelio   ¡Pena brava!

Justina   ¿Pues de noche no bastaba,
                           Lelio, mas también de día
                              la luz quieres engañar?

(Apártala, y éntrase por donde estaba el Demonio.)

Lelio   Si es engaño o no es engaño,
                   así veré el desengano.

Justina   No te lo quiero excusar,
                     porque la inocencia mía,
                   a costa de esta licencia,
                   desvanezca la apariencia
                   de la noche con el día.

(Sale Lisandro, viejo.)

Lisandro   Justina.

Justina (Aparte.)   (Esto me faltaba.
                   ¡Ay de mí, si Lelio sale,
                   estando Lisandro aquí!)

Lisandro   Mis desdichas, mis pesares
                   vengo a consolar contigo.

Justina   ¿Qué tienes, que en el semblante
                   muestras disgusto y tristeza?

Lisandro   No es mucho, cuando se rasgue
                   el corazón. Con el llanto
                   pasar no puedo adelante.

(Va a salir Lelio, y viendo a Lisandro, se detiene.)

Lelio (Aparte.)   (Ahora acabo de creer
                   que sombra los celos hacen,

71

pues no está en este aposento.
No tuvo por dónde echarse
el hombre que vi.)

(Justina habla aparte a Lelio.)

Justina   No salgas,
                 Lelio, que está aquí mi padre.

Lelio   Esperaré a que se ausente,
                 convalecido en mis males.)

(Retírase Lelio.)

Justina   ¿De qué lloras? ¿Qué suspiras?
                 ¿Qué tienes, señor? ¿Qué traes?

Lisandro   Tengo el dolor más sensible,
                 traigo la pena más grave,
                 que vio la tierna piedad,
                 para ejemplos miserables,
                 con que la crueldad se baña
                 de tanta inocente sangre.
                 Al gobernador envía
                 el César Decio inviolable
                 un decreto... Hablar no puedo.

Justina (Aparte.) (¿Quién vio pena semejante?
                 Lisandro, compadecido
                 de los cristianos ultrajes,
                 conmigo habla, sin saber
                 que Lelio puede escucharle,
                 hijo del Gobernador.)

Lisandro	En fin, Justina...
Justina	No pases, señor, si así has de sentirlo, con el discurso adelante.
Lisandro	Déjame que le repita; que contigo, es aliviarle. En él manda...
Justina	No prosigas, cuando es tan justo que engañes tu vejez con más sosiego.
Lisandro	Cuando, porque me acompañes en los sentimientos vivos que bastan para matarme, te doy cuenta del decreto más cruel que vio la margen del Tibre, con sangre escrito para manchar sus cristales, ¿me diviertes? De otra suerte solías, Justina, escucharme estas lástimas.
Justina	Señor, no son los tiempos iguales.
Lelio (Aparte.)	(No oigo todo lo que hablan, sino destroncado a partes.)

(Sale Floro por la otra parte.)

Floro (Aparte.)	(Licencia tiene un celoso

73

que llega a desengañarse
de una hipócrita virtud,
sin que más respetos guarde.
Con este intento hasta aquí
Mas con ella está su padre.
Esperaré otra ocasión.)

Lisandro   ¿Quién pisa aquestos umbrales?

Floro (Aparte.)   (Ya no es posible, ¡ay de mí!,
el volverme sin hablarle.
Daréle alguna disculpa.)
Yo soy

Lisandro   ¿Tú en mi casa?

Floro   A hablarte
vengo, si me das licencia,
sobre un negocio importante.

Justina (Aparte.)   (Duélete de mí, Fortuna;
que son éstos muchos lances.)

Lisandro   Pues ¿qué mandas?

Floro (Aparte.)   (¿Qué diré
que de este empeño me saque?)

Lelio (Aparte.)   (¡Floro en casa de Justina
con libertad entra y sale!
No son fingidos aquestos
celos; ya éstos son verdades.)

Lisandro   Mudado traes el color.

Floro	No te admires, no te espantes,
	que vengo a darte un aviso,
	que es a tu vida importante,
	de un enemigo que tienes,
	que de tu muerte en alcance
	anda. Esto basta que diga.

Lisandro (Aparte.)	(Sin duda que Floro sabe
	que yo soy cristiano, y viene
	con esta causa a avisarme
	de mi peligro.) Prosigue,
	y nada, Floro, me calles.

(Sale Livia.)

Livia	Señor, el gobernador
	me ha mandado que te llame,
	y a la puerta está esperando.

Floro	Mejor será que yo aguarde;
(Aparte.)	(Pensaré en tanto el engaño.)
	y ansí es bien que le despaches.

Lisandro	Estimo tu cortesía.
	Aquí volveré al instante.

(Vanse Lisandro y Livia.)

Floro	¿Eres tú la virtuosa
	que a las lisonjas suaves
	del templado viento llamas
	descomedidos ultrajes?
	Pues ¿cómo de tu recato

y de tu casa las llaves
rendiste?

Justina   Floro, detente:
no tan descortés agravies
opinión de quien el Sol
hizo el más costoso examen
de pura y limpia.

Floro   Ya llega
aquesa vanidad tarde,
pues ya yo sé a quien has dado
libre entrada...

Justina   ¡Que así hables!

Floro   ...por un balcón...

Justina   No pronuncies.

Floro   ...a tu honor.

Justina   ¡Que así me trates!

Floro   Sí, que no me merecen más
hipócritas humildades.

Lelio (Aparte.)   (Floro no fue el del balcón.
Sin duda que hay otro amante,
puesto que ni él ni yo fuimos.)

Justina   Pues tienes ilustre sangre,
no ofendas nobles mujeres.

Floro	¡Que noble mujer te llames
	cuando a tus brazos le admites
	y por tus balcones sale!
	Rindióte el poder; que como
	es gobernador su padre,
	te llevó la vanidad
	de ver que a Antioquía mande...

| Lelio (Aparte.) | (De mí habla.) |

Floro	...sin mirar
	otros defectos más grandes
	que la autoridad le encubre
	en sus costumbres y sangre.
	Pero no...

(Sale Lelio.)

Lelio	Floro, detente,
	y no en mi ausencia me agravies;
	que hablar del competidor
	mal son despechos cobardes.
	Y salgo a que no prosigas,
	corrido de tantos lances
	como contigo he tenido,
	sin que en ninguno te mate.

| Justina | ¿Quién, sin culpa, se vio nunca |
| | en tan peligrosos lances? |

Floro	Cuanto yo de ti dijera
	detrás te diré delante,
	y es verdad no sospechosa.

Justina	Tente, Lelio; Floro, ¿qué haces?
Lelio	Tomar la satisfacción adonde escucho el desaíre.

(Empuñan las espadas.)

Floro	Yo, sustentar lo que dije donde lo dije.
Justina	¡Libradme, cielos, de tantas fortunas!
Floro	Y yo sabré castigarte.

(Sale el gobernador, gente y Lisandro.)

Todos	Teneos.
Justina	¡Ay infelice!
Gobernador	¿Qué es esto? Mas ¿no es bastante indicio espadas desnudas, para que pueda informarme?
Justina	¡Qué desdicha!
Lisandro	¡Qué pesar!
Todos	Señor...
Gobernador	Baste, Lelio, baste. ¿Tú inquieto, siendo mi hijo? ¿Tú de mi favor te vales

para alterar a Antíoquía?

Lelio

Señor, advierte...

Gobernador

Llevadles;
que no ha de haber excepción
ni privilegios de sangre
para no igualar castigos,
pues son las culpas iguales.

Lelio (Aparte.)

(Celos truje, y llevo agravios.)

Floro (Aparte.)

(Penas a penas se añaden.)

(Llévanlos.)

Gobernador

En diferentes prisiones,
y con gente que los guarde,
a los dos tened. Y vos,
Lisandro, ¿tan nobles partes
es posible que manchéis
sufriendo...

Lisandro

No, no os engañen
deslumbradas apariencias.
porque Justina no sabe
la ocasión.

Gobernador

...dentro en su casa,
queréis que viva ignorante,
mozos ellos y ella hermosa?
En delito tan culpable
me templo, porque no digan
que sentencio como parte,

siendo apasionado juez;
mas vos que esto ocasionasteis,
ya perdida la vergüenza,
sé que volveréis a darme
ocasión, que la deseo,
para que nos desengañen
de vuestra virtud mentida
verdaderas liviandades.

(Vanse el gobernador y su gente.)

Justina   Mis lágrimas os respondan.

Lisandro   Ya lloras sin fruto y tarde.
                 ¡Oh qué mal, Justina, hice
                 el día que a declararte
                 llegué quién eras! ¡Oh nunca
                 te contara que, en la margen
                 de un arroyo, en ese monte
                 fuiste parto de un cadáver!
                 No me des satisfacciones.

Justina   Los cielos han de abonarme.

Lisandro   ¡Qué tarde será...

Justina   No hay plazo
                 que en la vida llegue tarde...

Lisandro   para castigar delitos!

Justina   para acrisolar verdades.

Lisandro   Por lo que vi te condeno.

Justina	Yo a ti por lo que ignoraste.
Lisandro	Déjame, que voy muriendo, donde mi dolor me acabe.
Justina	Pierda yo a tus pies la vida; pero no me desampares.

(Vanse. Salen el Demonio, Cipriano, Moscón y Clarín.)

Demonio	Desde que en tu casa entré, te he visto sin alegría: profunda melancolía en tu semblante se ve. Tu alivio no es bien que estorbes, queriéndomelo ocultar, pues sabré destachonar la clavazón de los orbes, por solo el menor deseo que te ofenda y te fatigue.
Cipriano	No habrá mágica que obligue al imposible que veo: son mis ansias infelices.
Demonio	Tu amistad me las confiese.
Cipriano	Quiero a una mujer.
Demonio	¿Y es ése el imposible que dices?
Cipriano	Si tú supieras quién es...

Demonio	Curiosa atención te doy,
	mientras que burlando estoy
	de que tan cobarde estés.
Cipriano	La hermosa cuna temprana
	del infante Sol, que enjuga
	lágrimas cuando madruga,
	vestido de nieve y grana;
	la verde prisión ufana
	de la rosa cuando avisa
	que ya sus jardines pisa
	abril, y entre mansos hielos
	al alba es llanto en los cielos
	lo que es en los campos risa;
	el detenido arroyuelo,
	que el mormurar más suave
	aun entre dientes no sabe,
	porque se los prende el hielo;
	el clavel, que en breve cielo
	es estrella de coral;
	el ave, que liberal
	vestir matices presuma,
	veloz cítara de pluma,
	al órgano de cristal;
	el risco que al Sol engaña,
	si a derretirle se atreve,
	pues, gastándole la nieve,
	no le gasta la montaña;
	el laurel que el pie se baña
	con la nieve que atropella,
	y, verde Narciso de ella,
	burla sin temer desmayos
	en esta parte los rayos

y los hielos en aquélla;
   al fin, cuna, grana, nieve,
campo, Sol, arroyo o rosa,
ave que canta amorosa,
risa que aljófares llueve,
clavel que cristales bebe,
peñasco sin deshacer,
y laurel que sale a ver
si hay rayos que le coronen
son las partes que componen
a esta divina mujer.
   Estoy tan ciego y perdido,
porque mi pena te asombre,
que, por parecerla otro hombre,
me engañé con el vestido.
Mis estudios di al olvido
como al vulgo mi opinión,
el discurso a mi pasión,
a mi llanto el sentimiento,
mis esperanzas al viento,
y al desprecio mi razón.
   Dije, y haré lo que dije,
que ofreciera liberal
el alma a un genio infernal
—de aquí mi pasión colige—
porque este amor que me aflige
premiase con merecella;
pero es vana mi querella,
tanto que presumo que es
el alma corto interés,
pues no me la dan por ella.

Demonio   ¿Tu valor ha de seguir
                 los pasos desesperados

de amantes que se acobardan
en los primeros asaltos?
¿Tan lejos ejemplos viven
de bellezas que postraron
su vanidad a los ruegos,
su altivez a los halagos?
¿Quieres lograr tus deseos,
siendo su prisión tus brazos?

Cipriano   ¿Eso dudas?

Demonio   Pues envía
allá fuera esos criados,
y quedemos los dos solos.

Cipriano   Idos allá fuera entrambos.

Moscón   Yo obedezco.

Clarín   Y yo también.
(Aparte.)   (El tal huésped es el diablo.)

(Escóndese Clarín.)

Cipriano   Ya se fueron.

Demonio (Aparte.)   (Poco importa
que Clarín se haya quedado.)

Cipriano   ¿Qué quieres ahora?

Demonio   Esa puerta
cierra.

Cipriano	Ya solos estamos.
Demonio	¿Por gozar a esta mujer aquí dijeron tus labios que darás el alma?
Cipriano	Sí.
Demonio	Pues yo te acepto el contrato.
Cipriano	¿Qué dices?
Demonio	Que yo le acepto.
Cipriano	¿Cómo?
Demonio	Como puedo tanto, que te enseñaré una ciencia con que podrás a tu mando traer la mujer que adoras; que yo, aunque tan docto y sabio, traerla para otro no puedo. Las escrituras hagamos ante nosotros dos mismos.
Cipriano	¿Quieres con nuevos agravios dilatar las penas mías? Lo que ofrecí está en mi mano, pero lo que tú me ofreces no está en la tuya, pues hallo que sobre el libre albedrío ni hay conjuros ni hay encantos.
Demonio	Hazme la cédula tú

Clarín (Aparte.)   (¡Mal año!
Según lo que agora he visto,
no es muy bobo aqueste diablo.
¡Yo darle cédula! Aunque
se me tuvieran mis cuartos
sin alquilar veinte siglos,
no la hiciera.)

Cipriano   Los engaños.
son para alegres amigos,
no para desconfiados.

Demonio   Quiero darte en testimonio
de lo que yo puedo y valgo
algún indicio, aunque sea
de mi poder breve rasgo.
¿Qué ves de esta galería?

Cipriano   Mucho cielo y mucho prado,
un bosque, un arroyo, un monte.

Demonio   ¿Qué es lo que más te ha agradado?

Cipriano   El monte, porque es, en fin,
de la que adoro retrato.

Demonio   Soberbio competidor
de la estación de los años,
que te coronan de nubes
por bruto rey de los campos,
deja el monte, mide el viento:
mira que soy quien te llamo.

Y mira tú si a una dama
traerás, si yo a un monte traigo.

(Múdase un monte de una parte a otra del tablado.)

Cipriano   ¡No vi más confuso asombro!
                  ¡No vi prodigio más raro!

Clarín (Aparte.) (Con el espanto y el miedo
                  estoy dos veces temblando.)

Cipriano   Pájaro que al viento vuelas,
                  siendo tus plumas tus ramos;
                  bajel que en el viento surcas;
                  siendo jarcias tus peñascos:
                  vuélvete a tu centro, y deja
                  la admiración y el espanto.

Demonio   Si ésta no es prueba bastante,
                  pronuncien otra mis labios.
                  ¿Quieres ver esa mujer
                  que adoras?

Cipriano   Sí.

Demonio   Pues rasgando
                  las duras entrañas, tú,
                  monstruo de elementos cuatro,
                  manifiesta la hermosura
                  que en tu oscuro centro guardo.

(Ábrese un peñasco, y está Justina durmiendo.)

                  ¿Es aquélla la que adoras?

Cipriano	Aquélla es la que idolatro.
Demonio	Mira si dártela puedo, pues donde quiero la traigo.
Cipriano	Divino imposible mío, hoy serán centro tus brazos de mi amor, bebiendo al Sol luz a luz y rayo a rayo.

(Ciérrase el monte.)

Demonio	Detente, que hasta que firmes la palabra que me has dado, no puedes tocarla.
Cipriano	Espera, parda nube del más claro Sol que amaneció a mis dichas... Mas con el viento me abrazo. Ya creo tus ciencias, ya confieso que soy tu esclavo. ¿Qué quieres que haga por ti? ¿Qué me pides?
Demonio	Por resguardo una cédula firmada con tu sangre y de tu mano.
Clarín (Aparte.)	(El alma le diera yo por no haberme aquí quedado.)
Cipriano	Pluma será este puñal,

papel este lienzo blanco,
y tinta para escribirlo
la sangre es ya de mis brazos.

(Escribe con la daga en un lienzo, habiéndose sacado sangre de un brazo.)

(Aparte.)	(¡Qué hielo! ¡Qué horror! ¡Qué asombro!)
	Digo yo, el gran Cipriano,
	que daré el alma inmortal...
(Aparte.)	(¡Qué frenesí! ¡Qué letargo!)
	...a quien me enseñare ciencias...
(Aparte.)	(¡Qué confusiones! ¡Qué espantos!)
	...con que pueda atraer a mí
	a Justina, dueño ingrato;
	y lo firmé de mi nombre

Demonio (Aparte.)   (Ya se rindió a mis engaños
el homenaje valiente,
donde estaban tremolando
el discurso y la razón.)
¿Has escrito?

Cipriano   Sí, y firmado.

Demonio   Pues tuyo es el Sol que adoras.

Cipriano   Tuya por eternos años
es el alma que te ofrezco.

Demonio   Alma con alma te pago,
pues por tuya te doy
la de Justina.

Cipriano   ¿Qué tanto

término para enseñarme
la magia tomas?

Demonio   Un año,
con condición...

Cipriano   Nada temas.

Demonio   ...que en una cueva encerrados,
sin estudiar otra cosa,
hemos de vivir entrambos,
sirviéndonos solamente
a los dos este criado,
(Saca a Clarín.)   que curioso se quedó,
pues, con nosotros llevando
su persona, este secreto
de esta suerte, aseguramos.

Clarín (Aparte.)   (¡Oh nunca yo me quedara!
¡Que habiendo vecinos tantos
que acechen, no haya un demonio
que venga al punto a llevarlos!)

Cipriano   Está bien. Dos dichas juntas
ingenio y amor lograron,
pues Justina será mía,
y yo vendré a ser espanto
del mundo con nuevas ciencias.

Demonio   No salió mi intento en vano.

Clarín   El mío sí.

Demonio   Ven con nosotros

90

(Aparte.)	(Ya vencí el mayor contrario.)
Cipriano	Dichosos seréis, deseos, si tal posesión alcanzo.
Demonio (Aparte.)	(No ha de sosegar mi envidia hasta que los gane a entrambos.) Vamos, y de aqueste monte en lo oculto y lo intrincado oirás la primer lición hoy de la mágica.
Cipriano	Vamos. que, con tal maestro mí ingenio, mi amor con dueño tan alto, eterno será en el mundo el mágico Cipriano.

Fin de la Jornada segunda

Jornada tercera

(Sale Cipriano, solo, de una como cueva.)

Cipriano   Ingrata beldad mía,
llegó el feliz, llegó el dichoso día,
línea de mi esperanza,
término de mi amor y tu mudanza,
pues hoy será el postrero
en que triunfar de tu desdén espero.
Este monte, elevado
en sí mismo alcázar estrellado,
y aquesta cueva oscura,
de dos vivos funesta sepultura,
escuela ruda han sido
donde la docta mágica he aprendido,
en que tanto me muestro
que puedo dar lición a mi maestro.
Y viendo ya que hoy una vuelta entera
cumple el Sol de una esfera en otra esfera,
a examinar de mis prisiones salgo
con la luz que puedo y lo que valgo.
Hermosos cielos puros,
atended a mis mágicos conjuros;
blandos aires veloces,
parad al sabio estruendo de mis voces;
gran peñasco violento,
estremécete al ruido de mi acento;
duros troncos vestidos,
asombraos al horror de mis gemidos;
floridas plantas bellas,
al eco os asustad de mis querellas;
dulces aves suaves,
la acción temed de mis prodigios graves;

bárbaras, crueles fieras,
mirad las señas de mi afán primeras;
porque ciegos, turbados,
suspendidos, confusos, asustados,
cielos, aires, peñascos, troncos, plantas,
fieras y aves, estéis de ciencias tantas;
que no ha de ser en vano
el estudio infernal de Cipriano.

(Sale el Demonio.)

Demonio   Cipriano.

Cipriano   ¡Oh sabio maestro mío!

(Enojado.)

Demonio   ¿A qué, usando esta vez de tu albedrío
más que de mi preceto,
con qué fin, por qué causa, y a qué efeto,
osado o ignorante,
sales a ver del Sol la faz brillante?

Cipriano   Viendo que ya yo puedo
al infierno poner asombro y miedo,
pues con tanto cuidado
la mágica he estudiado
que aun tú mismo no puedes
decir, si es que me igualas, que me excedes;
viendo que ya no hay parte
de ella que con fatiga, estudio y arte
yo no la haya alcanzado,
pues la nigromancia he penetrado,
cuyas líneas oscuras

me abrirán las funestas sepulturas,
haciendo que su centro
aborte los cadáveres que dentro
tiranamente encierra
la avarienta codicia de la tierra,
respondiendo por puntos
a mis voces los pálidos difuntos;
y viendo, en fin, cumplida
la edad del Sol que fue plazo a mi vida,
pues, corriendo veloz a su discurso
con el rápido curso
los cielos cada día,
retrocediendo siempre a la porfía
del natural, en que se juzga extraño,
el término fatal cumple hoy del año:
lograr mis ansias quiero,
atrayendo a mi voz el bien que espero.
Hoy la rara, hoy la bella, hoy la divina,
hoy la hermosa Justina,
en repetidos lazos,
llamada de mi amor, vendrá a mis brazos;
que permitir no creo
de dilación un punto a mi deseo.

Demonio   Ni yo que le permitas
             quiero, si es éste el fin que solicitas.
             Con caracteres mudos
             la tierra línea, pues, y con agudos
             conjuros hiere el viento,
             a tu esperanza y a tu amor atento.

Cipriano   Pues allí me retiro,
             donde verás que cielo y tierra admiro.

95

(Vase.)

Demonio   Y yo te doy licencia,
porque sé de tu ciencia y de mi ciencia
que el infierno inclemente,
a tus invocaciones obediente,
podrá por mí entregarte
a la hermosa Justina en esta parte;
que aunque el gran poder mío
no puede hacer vasallo un albedrío,
puede representalle
tan extraños deleites que se halle
empeñado a buscarlos,
y inclinarlos podré, si no forzarlos.

(Sale Clarín de la cueva.)

Clarín   Ingrata deidad mía,
no Livia ardiente, sino Livia fría,
llegó el plazo en que espero
alcanzar si tu amor es verdadera;
pues ya sé lo que basta
para ver si eres casta o haces casta;
que con tanto cuidado
aquí la ciencia mágica he estudiado
que por ella he de ver —¡ay de mí, triste!—
si con Moscón acaso me ofendiste.
Aguados cielos —ya otro dijo «puros»—
atended a mis lóbregos conjuros:
montes...

Demonio   Clarín, ¿qué es eso?

Clarín   ¡Oh sabio maestro!

Por la concomitancia estoy tan diestro
en la magia que quiero ver por ella
si Livia, tan ingrata como bella,
comete alguna vez superchería
en la fatal estancia de mi día.

Demonio   Deja aquesas locuras,
y en lo intrincado de esas peñas duras
asiste a tu señor, para que veas
—si tanta admiración lograr deseas—
el fin de su cuidado;
que solo quiero estar.

Clarín   Yo, acompañado.
Y si no he merecido
haber las ciencias tuyas aprendido,
porque, en fin, no te he hecho
cédula con la sangre de mi pecho,
en este lienzo ahora...

(Saca un lienzo sucio y escribe en él con el dedo, habiéndose hecho sangre.)

—nunca le tray más limpio quién bien llora—
la haré, para que más te escandalices,
dándome un mojicón en las narices;
que no será embarazo
salir de las narices o del brazo.
Digo, el gran Clarín, que, si merezco
ver a Livia cruel, que al diablo ofrezco...

Demonio   Ya digo que me dejes,
y que con tu señor de mí te alejes.

Clarín   Yo lo haré, no te alteres.

97

Pues que tomar mi cédula no quieres
cuando darla procuro,
sin duda que me tienes por seguro.

(Vase Clarín.)

Demonio   Ea, infernal abismo,
desesperado imperio de ti mismo,
de tu prisión ingrata
tus lascivos espíritus desata,
amenazando ruina
al virgen edificio de Justina.
Su casto pensamiento
de mil torpes fantasmas en el viento
hoy se informe, su honesta fantasía
se lleñe; y con dulcísima armonía
todo provoque amores:
los pájaros, las plantas y las flores.
Nada miren sus ojos
que no sean de amor dulces despojos;
nada oigan sus oídos
que no sean de amor tiernos gemidos;
porque, sin que defensa en su fe tenga,
hoy a buscar a Cipriano venga,
de su ciencia invocada
y de mi ciego espíritu guiada.
Empezad, que yo en tanto
callaré, porque empiece vuestro canto.

(Canta dentro, una voz.)

Voz   ¿Cuál es la gloria mayor
de esta vida?

Todos   Amor, amor.

(Mientras esta copla se canta, se va entrando el. Demonio por una puerta, y sale por otra Justina huyendo.)

Voz   No hay sujeto en quien no imprima
                         el fuego de amor su llama,
                         pues vive más donde ama
                         el hombre que donde anima.
                         Amor solamente estima
                         cuanto tener vida sabe:
                         el tronco, la flor y el ave.
                         Luego es la gloria mayor
                         de esta vida...

Todos   ...amor, amor.

(Esto representa asombrada y inquieta.)

Justina   Pesada imaginación,
                         al parecer lisonjera,
                         ¿cuándo te he dado ocasión
                         para que de esta manera
                         aflijas mi corazón?
                             ¿Cuál es la causa, en rigor,
                         de este fuego, de este ardor,
                         que en mí por instantes crece?
                         ¿Qué dolor el que padece
                         mi sentido?

Todos (Cantan.)   Amor, amor.

(Cóbrase más.)

Justina

Aquel ruiseñor amante
es quien respuesta me da,
enamorando constante
a su consorte, que está
un ramo más adelante.

Calla, ruiseñor; no aquí
imaginar me hagas ya,
por las quejas que te oí,
cómo un hombre sentirá,
si siente un pájaro así.

Mas no. Una vid fue lasciva,
que buscando fugitiva
va el tronco donde se enlace,
siendo el verdor con que abrace
el peso con que derriba.

No así con verdes abrazos
me hagas pensar en quien amas,
vid; que dudaré en tus lazos,
si así abrazan unas ramas,
cómo enraman unos brazos.

Y si no es la vid, será
aquel girasol, que está
viendo cara a cara al Sol,
tras cuyo hermoso arrebol
siempre moviéndose va.

No sigas, no, tus enojos,
flor, con marchitos despojos;
que pensarán mis congojas,
si así lloran unas hojas,
cómo lloran unos ojos.

Cesa, amante ruiseñor;
desúnete, vid frondosa;
párate, inconstante flor;
o decid: ¿qué venenosa

fuerza usáis?

Todos (Cantan.)   Amor, amor.

Justina   ¡Amor! ¿A quién le he tenido
                     yo jamás? Objeto es vano;
                     pues siempre despojo han sido
                     de mi desdén y mi olvido
                     Lelio, Floro y Cipriano.
                        ¿A Lelio no desprecié?
                     ¿A Floro no aborrecí?
                     Y a Cipriano ¿no traté...

(Párase en el nombre de Cipriano, y desde allí repsenta inquieta otra vez.)

                     ...con tal rigor que, de mí
                     aborrecido, se fue
                        donde de él no se ha sabido?
                     Mas —iay de mí!— yo ya creo
                     que ésta debe de haber sido
                     la ocasión con que ha podido
                     atreverse mi deseo;
                        pues desde que pronuncié
                     que vive ausente por mí,
                     no sé —iay infeliz!— no sé
                     qué pena es la que sentí.
(Cóbrase otra vez.)   Mas piedad sin duda fue
                        de ver que por mí olvidado
                     viva un hombre que se vio
                     de todos tan celebrado,
                     y que a sus olvidos yo
                     tanta ocasión haya dado.

(Con asombro, otra vez.)

Pero si fuera piedad,
la misma piedad tuviera
de Lelio y Floro, en verdad;
pues en una prisión fiera
por mí están sin libertad.

(En sí, otra vez.)   ...

...

Mas —¡ay discursos!— parad.
Si basta ser piedad sola,
no acompañéis la piedad;
   que os alargáis de manera
que no sé —¡ay de mí!— no sé,
si ahora a buscarle fuera,
si adonde él está supiera.

(Sale el Demonio.)

Demonio   Ven, que yo te lo diré.

Justina   ¿Quién eres tú, que has entrado
hasta este retrete mío,
estando todo cerrado?
¿Eres monstruo que ha formado
mi confuso desvarío?

Demonio   No soy sino quien, movido
de ese afecto que tirano
te ha postrado y te ha vencido,
hoy llevarte ha prometido
adonde está Cipriano.

Justina   Pues no lograrán tu intento;
que esta pena, esta pasión

102

que afligió mi pensamiento,
llevó la imaginación,
pero no el consentimiento.

Demonio   En haberlo imaginado
hecha tienes la mitad;
pues ya el pecado es pecado,
no pares la voluntad,
el medio camino andado.

Justina   Desconfiarme es en vano,
aunque pensé; que aunque es llano
que el pensar es empezar,
no está en mi mano el pensar,
y está el obrar en mi mano.
   Para haberte de seguir,
el pie tengo de mover,
y esto puedo resistir,
porque una cosa es hacer
y otra cosa es discurrir.

Demonio   Si una ciencia peregrina
en ti su poder esfuerza,
¿cómo has de vencer, Justina,
si inclina con tanta fuerza
que fuerza al paso que inclina?

Justina   Sabiéndome yo ayudar
del libre albedrío mío.

Demonio   Forzaréle mi pesar.

Justina   No fuera libre albedrío
si se dejara forzar.

(Tira de ella, y no puede moverla.)

Demonio
Ven donde un gusto te espera.

Justina
Es muy costoso ese gusto.

Demonio
Es una paz lisonjera.

Justina
Es un cautiverio injusto.

Demonio
Es dicha.

Justina
Es desdicha fiera.

Demonio
¿Cómo te has de defender,
si te arrastra mi poder?

(Tira más.)

Justina
Mi defensa en Dios consiste.

(Suéltala.)

Demonio
Venciste, mujer, venciste
con no dejarte vencer.
    Mas ya. que de esta manera
de Dios estás defendida,
mi pena, mi rabia fiera,
sabrá llevarte fingida,
pues no puede verdadera.
    Un espíritu verás,
para este efecto no más,
que de tu forma se informa,

y en la fantástica forma
disfamada vivirás.
    Lograr dos triunfos espero,
de tu virtud ofendido:
deshonrarte es el primero,
y hacer de un gusto fingido
un delito verdadero.

(Vase el Demonio.)

Justina   De esa ofensa al cielo apelo,
porque desvanezca el cielo
la apariencia de mi fama,
bien como al aire la llama,
bien como la flor al hielo.
    No podrás... Mas —iay de mí!—
¿a quién estas voces doy?
¿No estaba ahora un hombre aquí?
Sí. Mas no, yo sola estoy.
No. Mas sí, pues yo le vi.
    ¿Por dónde se fue tan presto?
¿Si le engendró mi temor?
Mi peligro es manifiesto.
¡Lisandro, padre, señor!
¡Livia!

(Sale cada uno por su puerta.)

Lisandro   ¿Qué es esto?

Livia   ¿Qué es esto?

Justina   ¿Visteis un hombre —iay de mí!—
que ahora salió de aquí?

(Aparte.)	(Mal mis desdichas resisto.)

Lisandro   ¡Hombre aquí!

Justina   ¿No le habéis visto?

Livia   No, señora.

Justina   Pues yo sí.

Lisandro   ¿Cómo puede ser, si ha estado
todo este cuarto cerrado?

Livia (Aparte.)   (Sin duda que a Moscón vio,
que tengo escondido yo
en mi aposento.)

Lisandro   Formado
cuerpo de tu fantasía
el hombre debió de ser;
que tu gran melancolía
le supo formar y hacer
de los átomos del día.

Livia   Mi señor tiene razón.

Justina   No ha sido —¡ay de mí!— ilusión,
y mayor daño sospecho,
porque a pedazos del pecho
me arrancan el corazón.
    Algún hechizo mortal
se está haciendo contra mí,
y fuera el conjuro tal
que, a no haber Dios, desde aquí

me dejara ir tras mi mal.
   Mas Él me ha de defender,
y no solo del poder
de esta tirana violencia;
pero mi humilde inocencia
no ha de dejar padecer.
   Livia, el manto, porque, en tanto
que padezco estos extremos,
tengo de ir al templo santo,
que tan secreto tenemos
los fieles.

(Saca el manto, y pónesele; que le vea con él la gente.)

Livia   Aquí está el manto.

Justina   En él tengo de templar
                     este fuego que me abrasa.

Lisandro   Yo te quiero acompañar.

Livia (Aparte.)   (Y yo volveré a alentar
                     en echándolos de casa.)

Justina   Pues voy a ampararme así,
                     cielos, de vuestro favor,
                     confío.

Lisandro   Vamos de aquí.

Justina   Vuestra es la causa, Señor.
                     Volved por vos y por mí.

(Vanse los dos, y sale Moscón, que está acechando.)

Moscón	¿Fuéronse ya?
Livia	Ya se fueron
Moscón	¡Con qué susto me tuvieron!
Livia	¿Es posible que salieras del aposento, y vinieras donde sus ojos te vieron?
Moscón	¡Vive Dios que no he salido! un instante, Livia mía, de donde estaba escondido!
Livia	Pues ¿quién el hombre sería?
Moscón	El mismo diablo habrá sido. ¿Qué sé yo? No muestres ya por eso, mi bien, enfado.

(Suspira Livia.)

Livia	No es por eso.
Moscón	¿Qué será?
Livia	¡Qué pregunta, si ha que está un día entero encerrado conmigo! ¿No echa de ver
(Llora.)	que habrá también menester el otro, su confidente, que llore hoy tenerle ausente, pues no lloré en todo ayer?

```
                        ¿Hase de pensar de mí
                        que mujer tan fácil fui
                        que en medio año de ausencia
                        falté a la correspondencia
                        que al ser quien soy ofrecí?

Moscón                  ¿Qué es medio año? Un año entero
                        ha ya que pudo faltar.

Livia                   Es engaño, pues infiero
                        que yo no debo contar
                        los días que no le quiero.
                           Y si de un año —iay de mí!—
(Llorando.)             te di la mitad a ti,
                        fuera injuria muy cruel
                        contárselo todo a él.

Moscón                  Cuándo yo, ingrata, creí
                           que fuera tu voluntad
                        toda mía, icon piedad
                        haces cuentas!

Livia                                Sí, Moscón,
                        porque, en fin, cuenta y razón
                        conserva toda amistad.

Moscón                     Pues que tu constancia es tal,
                        adiós, Livia, hasta mañana.
                        Solo te ruega mi mal
                        que, pues eres su terciana,
                        no seas su sincopal.

Livia                      ¿Ya no ves que no hay en mí
                        malicia alguna?
```

Moscón   ¿Es así?

Livia   En todo hoy no me has de ver;
                  mas no sea menester
                  enviar mañana por ti.

(Vanse, y sale Cipriano, con asombro, y Clarín, acechando, tras él.)

Cipriano   Sin duda se han rebelado
                  en los imperios cerúleos
                  las tropas de las estrellas,
                  pues me niegan sus influjos.
                  Comunidades ha hecho
                  todo el abismo profundo,
                  pues la obediencia no rinde
                  que me debe por tributo.
                  Una. y mil veces el viento
                  estremezco a mis conjuros,
                  y una y mil veces la tierra
                  con mis caracteres surco,
                  sin que se ofrezca a mis ojos
                  el humano Sol que busco,
                  el cielo humano que espero
                  en mis brazos.

Clarín   Eso ¿es mucho?
                  Pues una y mil veces yo
                  hago en la tierra dibujos,
                  una y mil veces el viento
                  a puras voces aturdo,
                  y tampoco viene Lívia.

Cipriano   Esta sola vez presumo

volver a invocarla. Escucha,
bella Justina.

(Sale la que hace a Justina, con manto, como turbada, por una puerta, y éntrase huyendo por la otra, y va tras ella Cipriano, turbado, y Clarín, turbado, dando vueltas con miedo.)

Figura   Ya escucho;
                    que, forzada de tus voces,
                    aquestos montes discurro.
                    ¿Qué me quieres? ¿Qué me quieres,
                    Cipriano?

Cipriano   ¡Estoy confuso!

Figura   Y pues que ya...

Cipriano   ¡Estoy absorto!

Figura   ...he venido...

Cipriano   ¿Que me turbo?

Figura   ...de la suerte...

Cipriano   ¿Que me espanto?

Figura   ....que me halló el amor...

Cipriano   ¿Qué dudo?

Figura   ...donde me llamas...

Cipriano   ¿Qué temo?

Figura

...y así con la fuerza cumplo
del encanto, a lo intrincado
del monte tu vista huyo.

(Cúbrese el rostro con el manto, y vase.)

Cipriano

Espera, aguarda, Justina.
Mas ¿qué me asombro y discurro?
Seguiréla, y este monte,
donde mi ciencia la trujo,
teatro será frondoso,
ya que no tálamo rudo,
del más prodigioso amor
que ha visto el cielo.

(Vase.)

Clarín

Abernuncio
de mujer que viene a ser
novia, y viene oliendo a humo.
Pero debió de cogerla
del encanto lo absoluto
soplando alguna colada
o cociendo algún menudo.
Mas no. ¡En cocina y con manto!
De otra suerte la disculpo.
Sin duda debe de ser
—ahora he dado en el punto—
que una honrada nunca huele
mejor cogida de susto.
Ya la ha alcanzado, y con ella,
de aqueste valle en lo inculto,
luchando a brazos enteros

112

          —que a brazos partidos juzgo
          que hiciera mal en luchar
          el amante más forzudo—
          a este mismo sitio vuelven.
          Desde aquí acechar procuro;
          que deseo saber cómo se hace
          una fuerza en el mundo.

(Escóndese, y sale Cipriano, trayendo abrazada una persona cubierta con manto y con vestido parecido al de Justina, que es fácil, siendo negro este manto y vestido; y han de venir de suerte que con facilidad se quite todo y quede un esqueleto, que ha de volar o hundirse, como mejor pareciere, como se haga con velocidad; si bien será mejor desaparecer por el viento.)

Cipriano   Ya, bellísima Justina,
          en este sitio que, oculto,
          ni el Sol le penetra a rayos
          ni a soplos el aire puro,
          ya es trofeo tu belleza
          de mis mágicos estudios;
          que por conseguirte, nada
          temo, nada dificulto.
          El alma, Justina bella,
          me cuestas; pero ya juzgo,
          siendo tan grande el empleo,
          que no ha sido el precio mucho.
          Corre a la deidad el velo,
          no entre pardos, no entre oscuros
          celajes se esconda el Sol;
          sus rayos ostente rubios.

(Descúbrela, y ve el cadáver.)

          Mas —¡ay infeliz!— ¿qué veo?

Un yerto cadáver mudo
entre sus brazos me espera!
¿Quién en un instante pudo,
en facciones desmayadas
de lo pálido y caduco,
desvanecer los primores
de lo rojo y lo purpúreo?

Esqueleto   Así, Cipriano, son
todas las glorias del mundo.

(Desaparece, y sale Clarín, huyendo, y abrázase con él Cipriano.)

Clarín (Aparte.)   (Si alguien ha menester miedo,
yo tengo un poco y un mucho.)

Cipriano   Espera, fúnebre sombra.
Ya con otro fin te busco.

Clarín   Pues yo soy fúnebre cuerpo.
¿No echas de verlo en el bulto?

Cipriano   ¿Quién eres?

Clarín   Yo estoy de suerte
que aun quien soy creo que dudo.

Cipriano   ¿Viste en lo raro del viento
o del centro en el profundo
yerto un cadáver, dejando
en señas de polvo y humo
desvanecida la pompa
que llena de adornos trujo?

Clarín	Ahora sabes que estoy sujeto a los infortunios de acechador.
Cipriano	¿Qué se hizo?
Clarín	Deshízose luego al punto.
Cipriano	Busquémosle.
Clarín	No busquemos.
Cipriano	Sus desengaños procuro.
Clarín	Yo no, señor.

(Sale el Demonio.)

Demonio (Aparte.)   (¡Justos cielos!
Si juntas un tiempo tuvo
mi ser la ciencia y la gracia
cuando fui espíritu puro,
la gracia sola perdí,
la ciencia no. ¿Cómo, injustos,
si esto es así, de mis ciencias
aun no me dejáis el uso?)

(Sin verle.)

Cipriano	¡Lucero, sabio maestro!
Clarín	No le llames; que presumo que venga en otro cadáver.

Demonio	¿Qué me quieres?
Cipriano	Que del mucho horror que padezco absorto rescates hoy mi discurso.
Clarín (Aparte.)	(Yo, que no quiero rescates, por este lado me escurro.)

(Vase Clarín.)

Cipriano   Apenas sobre la tierra
herida acentos pronuncio
cuando en la acción que allá estaba
Justina, divino asunto
de mi amor y mi deseo
Pero ¿para qué procuro
contarte lo que ya sabes?
Vino, abracéla, y al punto
que la descubro —¡ay de mí!—
en su belleza descubro
un esqueleto, una estatua,
una imagen, un trasunto
de la muerte, que en distintas
voces me dijo —¡oh qué susto!—:
«Así, Cipriano, son
todas las glorias del mundo.»
Decir que en la magia tuya,
por mí ejecutada, estuvo
el engaño no es posible,
porque yo punto por punto
la obré, sin que errar pudiese
de sus caracteres mudos
una línea, ni una voz

de sus mortales conjuros.
Luego tú me has engañado
cuando yo los ejecuto,
pues solo fantasmas hallo
adonde hermosuras busco.

Demonio   Cipriano, ni hubo en ti
defecto, ni en mí le hubo.
En ti, supuesto que obraste
el encanto con agudo
ingenio; en mí, pues el mío
te enseñó en él cuanto supo.
El asombro que has tocado
más superior causa tuvo.
Mas no importará; que yo,
que tu descanso procuro,
te haré dueño de Justina
por otros medios más justos.

Cipriano   No es ése mi intento ya;
que de tal suerte confuso
este espanto me ha dejado
que no quiero medios tuyos.
Y así, pues que no has cumplido
las condiciones que puso
mi amor, solo de ti quiero,
ya que de tu vista huyo,
que mí cédula me vuelvas,
pues es el contrato nulo.

Demonio   Yo te dije que te había
de enseñar en este estudio
ciencias que atraer pudiesen,
de tus voces al impulso,

a Justina; y pues el viento
aquí a Justina te trujo,
válido ha sido el contrato,
y yo mi palabra cumplo.

Cipriano

Tú me ofreciste que había
de coger mi amor el fruto
que sembraba mi esperanza
por estos montes incultos.

Demonio

Yo me obligué, Cipriano,
solo a traerla.

Cipriano

               Eso dudo;
que a dármela te obligaste.

Demonio

Yo la vi en los brazos tuyos.

Cipriano

Fue una sombra.

Demonio

                   Fue un prodigio.

Cipriano

¿De quién?

Demonio

             De quien se dispuso
a ampararla.

Cipriano

              ¿Y cúyo fue?

(Temblando.)

Demonio

No quiero decirte cuyo.

Cipriano

Valdréme yo de tus ciencias

	contra ti. Yo te conjuro que quién ha sido me digas.
Demonio	Un Dios, que a su cargo tuvo a Justina.
Cipriano	Pues ¿qué importa solo un dios, puesto que hay muchos?
Demonio	Tiene Él el poder de todos.
Cipriano	Luego solamente es uno, pues con una voluntad obra más que todos juntos.
Demonio	No sé nada, no sé nada.
Cipriano	Ya todo el pacto renuncio que hice contigo; y en nombre de aquese Dios te pregunto: ¿Qué le ha obligado a ampararla?

(Haciéndose fuerza para no decirlo.)

Demonio	Guardar su honor limpio y puro.
Cipriano	Luego Ése es suma bondad, pues que no permite insultos. Mas ¿qué perdiera Justina si aquí se quedaba oculto?
Demonio	Su honor, si lo adivinara por sus malicias el vulgo.

Cipriano	Luego ese Dios todo es vista,
	pues vio los daños futuros.
	Pero ¿no pudiera ser
	ser el encanto tan sumo
	que no pudiera vencerle?
Demonio	No, que su poder es mucho.
Cipriano	Luego ese Dios todo es manos,
	pues que cuanto quiso pudo.
	Dime, ¿quién es ese Dios,
	en quien he topado juntos
	ser una suma bondad,
	ser un poder absoluto,
	todo vista y todo manos,
	que ha tantos años que busco?
Demonio	No lo sé.
Cipriano	Dime quién es.
Demonio	¡Con cuánto horror lo pronuncio!
	Es el Dios de los cristianos.
Cipriano	¿Qué es lo que moverle pudo
	contra mí?
Demonio	Serlo Justina.
Cipriano	¿Pues tanto ampara a los suyos?
(Con rabia.)	
Demonio	Sí, mas ya es tarde, ya es tarde

para hallarle tú, si juzgo
que, siendo tú esclavo mío,
no has de ser vasallo suyo.

Cipriano   ¡Yo tu esclavo!

Demonio   En mi poder
tu firma está.

Cipriano   Ya presumo
cobrarla de ti, pues fue
condicional, y no dudo
quitártela.

Demonio   ¿De qué suerte?

Cipriano   De esta suerte.

(Saca la espada, tírale y no le topa.)

Demonio   Aunque desnudo
el acero contra mí
esgrimas fiero y sañudo,
no me herirás; y porqué
desesperen tus discursos,
quiero que sepas que ha sido
el Demonio el dueño tuyo.

Cipriano   ¿Qué dices?

Demonio   Que yo lo soy.

Cipriano   ¡Con cuánto asombro te escucho!

| Demonio | Para que veas, no solo |
| | que esclavo eres, pero cúyo. |

| Cipriano | ¡Esclavo yo del Demonio! |
| | ¿Yo de un dueño tan injusto? |

| Demonio | Sí, que el alma me ofreciste, |
| | y es mía desde aquel punto. |

Cipriano	¿Luego no tengo esperanza,
	favor, amparo o seguro
	que tan gran delito pueda
	borrar?

| Demonio | No. |

Cipriano	Pues ya ¿qué dudo?
	No ociosamente en mi mano
	esté aqueste acero agudo;
	pasándome el pecho, sea
	mi voluntario verdugo.
	Mas ¿qué digo? Quien de ti
	librar a Justina pudo
	¿a mí no podrá librarme?

Demonio	No, que es contra ti tu insulto;
	y Él no ampara los delitos,
	las virtudes sí.

Cipriano	Si es sumo
	su poder, el perdonar
	y el premiar será en Él uno.

| Demonio | También lo será el premiar |

122

	y el castigar, pues es justo.
Cipriano	Nadie castiga al rendido: yo lo estoy, pues le procuro.
Demonio	Eres mi esclavo, y no puedes ser de otro dueño.
Cipriano	Eso dudo.
Demonio	¿Cómo, estando en mi poder la firma que con dibujos de tu sangre escrita tengo?
Cipriano	Él que es poder absoluto y no depende de otro vencerá mis infortunios.
Demonio	¿De qué suerte?
Cipriano	Todo es vista, y verá el medio oportuno.
Demonio	Yo la tengo.
Cipriano	Todo es manos. Él sabrá romper los nudos.
Demonio	Dejaréte yo primero entre mis brazos difunto.
(Luchan.)	
Cipriano	¡Grande Dios de los cristianos!

A Ti en mis penas acudo.

(Arrójale de sus brazos.)

Demonio   Ése te ha dado la vida.

Cipriano   Más me ha de dar, pues le busco.

(Vase cada uno por su puerta, y salen el gobernador y su gente, y Fabio haga relación sin barba.)

Gobernador   ¿Cómo ha sido la prisión?

Fabio   Todos en su iglesia estaban
                 escondidos, donde daban
                 a su Dios adoración.
                     Llegué con armadas gentes,
                 toda la casa cerqué,
                 prendílos, y los llevé
                 a cárceles diferentes;
                     y el suceso, en fin, concluyo
                 con decir que en esta ruina
                 prendí a la hermosa Justina
                 y a Lisandro, padre suyo.

Gobernador   Pues si riquezas codicias,
                 puestos, honores y más,
                 ¿cómo esas nuevas me das,
                 Fabio, sin pedirme albricias?

Fabio   Si así estimas mis sucesos,
                 las que me has de dar no ignoro.

Gobernador   Di.

124

Fabio	La libertad de Floro y Lelio, que tienes presos.
Gobernador	Aunque yo con su castigo parece que escarmentar quise todo este lugar, si la verdad, Fabio, digo, otra es la causa por qué presos han vivido un año, y es que así de Lelio el daño como padre aseguré. Floro, su competidor, tiene deudos poderosos; y estando los dos celosos y empeñados en su amor, temí que habían de volver otra vez a la cuestión; y hasta quitar la ocasión, no me quise resolver. Con este intento buscaba algún color con que echar a Justina del lugar; pero nunca le topaba. Y pues su virtud fingida no solo ocasión me da hoy de desterrarla ya, mas de quitarla la vida. No estén más presos; y así a sus prisiones irás, y con brevedad traerás a Lelio y a Floro aquí.
Fabio	Beso mil veces tus pies.

                    ¡Qué merced tan peregrina!

(Vase Floro.)

Gobernador   Ya está en mi poder Justina,
                      presa y convencida; pues
                          ¿qué espera mi rabia fiera,
                      que ya en ella no ha vengado
                      los enojos que me ha dado?
                      A sangrientas manos muera
                          de un verdugo.
(A un criado.)   Vos, mirad
                      Que aquí la traigáis os mando
                      hoy a la vergüenza dando
                      escándalo a la ciudad;
                          porque si en palacio está,
                      nada a darla vida baste.

(Salen Fabio, Lelio y Floro.)

Fabio   Los dos por quien enviaste
                      están a tus plantas ya.

Lelio   Yo, que al fin solo deseo
                      parecer tu hijo esta vez,
                      no te miro como juez,
                      con los temores de reo,
                          sino como padre airado,
                      con los temores de hijo
                      obediente.

Floro   Y yo colijo,
                      viéndome de ti llamado,
                          que es para darme, señor,

castigos que no merezco.
Pero a tus plantas me ofrezco.

Gobernador   Lelio, Floro, mi rigor
                      justo con los dos ha sido,
                    porque, si no os castigara,
                    padre, no juez me mostrara.
                    Pero teniendo entendido
                      que en los nobles no duró
                    nunca el enojo, y que ya
                    quitada la causa está,
                    intento piadoso yo
                      haceros amigos luego.
                    En muestras de la amistad
                    aquí los brazos os dad.

Lelio   Yo el venturoso a ser llego
                      en ser hoy de Floro amigo.

Floro   Y yo de que lo seré
                    doy mano y palabra.

Gobernador   En fe
                    de eso a libraros me obligo,
                      que si el desengaño toco
                    que de vuestro amor tenéis,
                    no dudo que lo seréis.

(Dentro.)

Demonio   ¡Guarda el loco! ¡Guarda el loco!

Gobernador   ¿Qué es esto?

Lelio   Yo lo iré a ver.

(Lelio va a la puerta, y vuelve luego.)

Gobernador   En palacio tanto ruido,
                    ¿de qué puede haber nacido?

Floro   Gran causa debe de ser.

Lelio   Aqueste ruido, señor
                    —escucha un raro suceso—
                    es Cipriano, que al cabo
                    de tantos días ha vuelto
                    loco y sin juicio a Antioquía.

Floro   Sin duda que de su ingenio
                    la sutileza le tiene
                    en aqueste estado puesto.

Todos   ¡Guarda el loco, guarda el loco!

(Salen todos, y Cipriano, medio desnudo.)

Cipriano   Nunca yo he estado más cuerdo;
                    que vosotros sois los locos.

Gobernador   Cipriano, pues, ¿qué es esto?

Cipriano   Gobernador de Antioquía,
                    virrey del gran césar Decio,
                    Floro y Lelio, de quien
                    fui amigo tan verdadero,
                    nobleza ilustre, gran plebe,
                    estadme todos atentos;

128

que por hablaros a todos
juntos a palacio vengo.
Yo soy Cipriano; yo
por mi estudio y por mi ingenio
fui asombro de las escuelas,
fui de las ciencias portento.
Lo que de todas saqué
fue una duda, no saliendo
jamás de una duda sola
confuso mi entendimiento.
Vi a Justina, y en Justina
ocupados mis afectos,
dejé a la docta Minerva
por la enamorada Venus.
De su virtud despedido,
mantuve mis sentimientos
hasta que, mi amor pasando
de un extremo en otro extremo,
a un huésped mío, que el mar
le dio mis plantas por puerto,
por Justina ofrecí el alma,
porque me cautivó a un tiempo
el amor con esperanzas,
y con ciencias el ingenio.
De éste discípulo he sido,
estas montañas viviendo,
a cuya docta fatiga
tanta admiración le debo
que puedo mudar los montes
desde un asiento a otro asiento;
y aunque puedo estos prodigios
hoy ejecutar, no puedo
atraer una hermosura
a la voz de mi deseo.

La causa de no poder
rendir este monstruo bello
es que hay un Dios que la guarda,
en cuyo conocimiento
he venido a confesarle
por el más sumo y inmenso.
El gran Dios de los cristianos
es el que a voces confieso;
que aunque es verdad que yo agora
esclavo soy del infierno,
y que con mi sangre misma
hecha una cédula tengo,
con mi sangre he de borrarla
en el martirio que espero.
Si eres juez, si a los cristianos
persigues duro y sangriento,
yo lo soy; que un venerable
anciano, en el monte mesmo,
el carácter me imprimió
que es su primer sacramento.
Ea, pues, ¿qué aguardas? Venga
el verdugo, y de mi cuello
la cabeza me divida,
o con extraños tormentos
acrisole mi constancia;
que yo rendido y resuelto
a padecer dos mil muertes
estoy, porque a saber llego
que, sin el gran Dios que busco,
que adoro y que reverencio,
las humanas glorias son polvo,
humo, ceniza y viento.

(Déjase Cipriano caerse boca abajo en el suelo.)

Gobernador	Tan absorto, Cipriano,
	me deja tu atrevimiento
	que, imaginando castigos,
	a ninguno me resuelvo.
(Pisándole.)	Levántate.
Floro	Desmayado,
	es una estatua de hielo.

(Sacan presa a Justina.)

Criado	Aquí está, señor, Justina.

Gobernador (Aparte.)	(Verla la cara no quiero.)
	Con ese vivo cadáver
	todos sola la dejemos;
	porque, cerrados los dos,
	quizá mudarán de intento,
	viéndose morir el uno
	al otro; o sañudo y fiero,
	si no adoraren mis dioses,
	morirán con mil tormentos.

(Vase el gobernador.)

Lelio	Entre el amor y el espanto
	confuso voy y suspenso.

(Vase Lelio.)

Floro	Tanto tengo que sentir
	que no sé qué es lo que siento.

(Vase Floro.)

Justina

¿Todos os vais sin hablarme?
Cuando yo contenta vengo
a morir, ¡aun no me dais
muerte, porque la deseo!

(Yendo tras ellos, ve a Cipriano.)

Mas sin duda es mi castigo,
cerrada en este aposento,
darme muerte dilatada,
acompañada de un muerto,
pues solo un cadáver me hace
compañía. ¡Oh tú, que al centro
de donde saliste vuelves,
dichoso tú, si te ha puesto
en este estado la fe
que adoro!

Cipriano

Monstruo soberbio,
¿qué aguardas que no desatas
mi vida en...?

(Vela Cipriano, y levántase.)

¡Válgame el cielo!

(Aparte.)

(¿No es Justina la que miro?)

Justina (Aparte.)

(¿No es Cipriano el que veo?)

Cipriano (Aparte.)

(Mas no es ella, que en el aire
la finge mi pensamiento.)

Justina (Aparte.)   (Mas no es él: por divertirme,
                      fantasmas me finge el viento.)

(Recelándose uno de otro.)

Cipriano   Sombra de mi fantasía...

Justina   Ilusión de mi deseo...

Cipriano   ...asombro de mis sentidos...

Justina   ...horror de mis pensamientos...

Cipriano   ...¿qué me quieres?

Justina   ...¿qué me quieres?

Cipriano   Ya no te llamo. ¿A qué efecto
                     vienes?

Justina   ¿A qué efecto tú
                     me buscas? Ya en ti no pienso.

Cipriano   Yo no te busco, Justina.

Justina   Ni yo a tu llamado vengo.

Cipriano   Pues ¿cómo estás aquí?

Justina   Presa.
                     ¿Y tú?

Cipriano   También estoy preso.
                     Pero tu virtud, Justina,

dime, ¿qué delito ha hecho?

(Cóbranse los dos.)

Justina   No es delito, pues ha sido
por el aborrecimiento
de la fe de Cristo, a quien
como a mi Dios reverencio.

Cipriano   Bien se lo debes, Justina;
que tienes un Dios tan bueno
que vela en defensa tuya.
Haz tú que escuche mis ruegos.

Justina   Sí hará, si con fe le llamas.

Cipriano   Con ella le llamo; pero
aunque de él no desconfío,
mis extrañas culpas temo.

Justina   Confía.

Cipriano   ¡Ay, qué inmensos son
mis delitos!

Justina   Más inmensos
son sus favores.

Cipriano   ¿Habrá
para mí perdón?

Justina   Es cierto.

Cipriano   ¿Cómo, si el alma he entregado

al demonio mismo en precio
de tu hermosura?

Justina   No tiene
tantas estrellas el cielo,
tantas arenas el mar,
tantas centellas el fuego,
tantos átomos el día,
ni tantas plumas el viento,
como Él perdona pecados.

Cipriano   Así, Justina, creo,
y por Él daré mil vidas.
Pero la puerta han abierto

(Saca Fabio a Clarín, Moscón y Livia.)

Fabio   Entrad, que con vuestros amos
aquí habéis de quedar presos.

(Vase Fabio.)

Livia   Si ellos quieren ser cristianos,
¿acá qué culpa tenemos?

Moscón   Mucha; que los que servimos
harto gran delito hacemos.

Clarín   Huyendo del monte, vine
de un riesgo a dar a otro riesgo.

(Sale un criado.)

Criado   A Justina y a Cipriano

el gobernador Aurelio
llama.

Justina   ¡Dichosa seré
si es para el fin que deseo!
No te acobardes, Cipriano.

Cipriano   Fe, valor y ánimo tengo;
que si de mi esclavitud
la vida ha de ser el precio,
quien el alma dio por ti,
¿qué hará en dar por Dios el cuerpo?

Justina   Que en la muerte te querría
dije; y pues a morir llego
contigo, Cipriano, ya
cumplí mis ofrecimientos.

(Vanse, y quedan los tres solos.)

Moscón   ¡Qué contentos a morir
se van!

Livia   Mucho más contentos
los tres a vivir quedamos.

Clarín   No mucho; que falta un pleito
que averiguar; y aunque aquésta
no es ocasión, por si luego
no hay lugar, no será justo
que echemos a mal el tiempo.

Moscón   ¿Qué pleito es ése?

Clarín	Yo he estado ausente...
Livia	Di.
Clarín	...un año entero, y un año Moscón ha sido sin mi intermisión tu dueño; y a rata por cantidad, para que iguales estemos, otro año has de ser mía.
Livia	¿Pues de mí presumes eso, que había de hacerte ofensa? Los días lloraba enteros que me tocaba llorar.
Moscón	Y yo soy testigo de ello; que el día que no era mío guardé a tu amistad respeto.
Clarín	Eso es falso, porque hoy no lloraba cuando dentro de su casa entré, y con ella estabas tú muy de asiento.
Livia	No era hoy día de plegaria.
Clarín	Sí era, que, si bien me acuerdo, el día que me ausenté era mío.
Livia	Ése fue yerro.

Moscón	Ya sé en lo que el yerro ha estado.
	Éste fue año de bisiesto
	y fueron pares los días.
Clarín	Yo me doy por satisfecho,
	porque no lo ha de apurar
	todo el hombre. Mas ¿qué es esto?

(Suena gran ruido de tempestad, y salen todos, alborotados.)

Livia	La casa se viene abajo.
Moscón	¡Qué confusión! ¡Qué portento!
Gobernador	Sin duda se ha desplomado
	la máquina de los cielos.

(Durando la tempestad.)

Fabio	Apenas en el cadalso
	cortó el verdugo los cuellos
	de Cipriano y de Justina
	cuando hizo sentimiento
	toda la tierra.
Lelio	Una nube,
	de cuyo abrasado seno
	abortos horribles son
	los relámpagos y truenos,
	sobre nosotros cae.
Floro	De ella
	un disforme monstruo horrendo
	en las escamadas conchas

de una sierpe sale, y, puesto
sobre el cadalso, parece
que nos llama a su silencio.

(Esto se haga como mejor pareciere. El cadalso se descubrirá con las cabezas
y cuerpos, y el Demonio en alto, sobre una sierpe.)

Demonio   Oíd, mortales, oíd
lo que me mandan los cielos
que en defensa de Justina
haga a todos manifiesto.
Yo fui quien, por disfamar
su virtud, formas fingiendo,
su casa escalé, y entré
hasta su mismo aposento;
y porque nunca padezca
su honesta fama desprecios,
a restituir su honor
de aquesta manera vengo.
Cipriano, que con ella
yace en feliz monumento,
fue mi esclavo; mas, borrando
con la sangre de su cuello
la cédula que me hizo,
ha dejado en blanco el lienzo;
y los dos, a mi pesar,
a las esferas subiendo
del sacro solio de Dios,
viven en mejor imperio.
Ésta es la verdad, y yo
la digo, porque Dios mesmo
me fuerza a que yo la diga,
tan poco enseñado a hacerlo.

(Cae velozmente, y húndese el Demonio.)

Lelio   ¡Qué asombro!

Floro   ¡Qué confusión!

Livia   ¡Qué prodigio!

Moscón   ¡Qué portento!

Gobernador   Todos éstos son encantos
                  que aqueste mágico ha hecho
                  en su muerte.

Floro   Yo no sé
                  si los dudo o si los creo.

Lelio   A mí me admira el pensarlos.

Clarín   Yo solamente resuelvo
                  que, si él es mágico, ha sido
                  el mágico de los cielos.

Moscón   Pues dejando en pie la duda
                  del bien partido amor nuestro
                  a el mágico prodigioso
                  pedid perdón de los yerros.

                  Fin de la comedia

Libros a la carta

A la carta es un servicio especializado para
empresas,
librerías,
bibliotecas,
editoriales
y centros de enseñanza;
y permite confeccionar libros que, por su formato y concepción, sirven a los propósitos más específicos de estas instituciones.

Las empresas nos encargan ediciones personalizadas para marketing editorial o para regalos institucionales. Y los interesados solicitan, a título personal, ediciones antiguas, o no disponibles en el mercado; y las acompañan con notas y comentarios críticos.

Las ediciones tienen como apoyo un libro de estilo con todo tipo de referencias sobre los criterios de tratamiento tipográfico aplicados a nuestros libros que puede ser consultado en Linkgua-ediciones.com.

Linkgua edita por encargo diferentes versiones de una misma obra con distintos tratamientos ortotipográficos (actualizaciones de carácter divulgativo de un clásico, o versiones estrictamente fieles a la edición original de referencia).

Este servicio de ediciones a la carta le permitirá, si usted se dedica a la enseñanza, tener una forma de hacer pública su interpretación de un texto y, sobre una versión digitalizada «base», usted podrá introducir interpretaciones del texto fuente. Es un tópico que los profesores denuncien en clase los desmanes de una edición, o vayan comentando errores de interpretación de un texto y esta es una solución útil a esa necesidad del mundo académico.

Asimismo publicamos de manera sistemática, en un mismo catálogo, tesis doctorales y actas de congresos académicos, que son distribuidas a través de nuestra Web.

El servicio de «libros a la carta» funciona de dos formas.

1. Tenemos un fondo de libros digitalizados que usted puede personalizar en tiradas de al menos cinco ejemplares. Estas personalizaciones pueden ser de todo tipo: añadir notas de clase para uso de un grupo de estudiantes, introducir logos corporativos para uso con fines de marketing empresarial, etc. etc.

2. Buscamos libros descatalogados de otras editoriales y los reeditamos en tiradas cortas a petición de un cliente.